穿行于大理石

谢　君 ◎ 著

「六棱石」丛书　大解 ◎ 主编

花山文艺出版社
河北·石家庄

图书在版编目（CIP）数据

穿行于大理石 / 谢君著. -- 石家庄：花山文艺出版社，2024.10
（"六棱石"丛书 / 大解主编）
ISBN 978-7-5511-1799-9

Ⅰ.①穿… Ⅱ.①谢… Ⅲ.①诗集－中国－当代 Ⅳ.①I227

中国国家版本馆CIP数据核字(2024)第095445号

丛 书 名："六棱石"丛书
主　　编：大　解
书　　名：穿行于大理石
　　　　　CHUANXING YU DALISHI
著　　者：谢　君
选题策划：郝建国
出版统筹：王玉晓
责任编辑：李倩迪
责任校对：李　伟
装帧设计：陈　淼
出版发行：花山文艺出版社（邮政编码：050061）
　　　　　（河北省石家庄市友谊北大街330号）
销售热线：0311-88643299 / 96 / 17
印　　刷：保定市正大印刷有限公司
经　　销：新华书店
开　　本：787mm×1092mm　1/32
印　　张：6.75
字　　数：108千字
版　　次：2024年10月第1版　2024年10月第1次印刷
书　　号：ISBN 978-7-5511-1799-9
定　　价：46.00元

（版权所有　翻印必究·印装有误　负责调换）

总序：辨识度，是衡量一个诗人价值的绝对尺度

大解

在当代诗人中选出六位辨识度极强的诗人，是件有意思的事情。

本套丛书共收录谢君、曹五木、李志勇、李双、泥巴、高英英六位诗人的诗集，花山文艺出版社社长郝建国将其命名为"六棱石"丛书，寓意来自天然水晶的形态。水晶是六棱的透明的宝石，坚硬，清澈，棱角分明，每个侧面都在闪光。把六位诗人集结在一起，是缘分也是必然。他们的诗歌个性鲜明，在诗人群体中闪烁着不一样的光芒，这令我印象深刻，因此选择了他们。

现代诗经过百年的不断探索，跌宕起伏走到今天，已经进入了静水深流的平稳期，有信心、有能力的诗人们潜心于创作，产出了许多优秀的作品，并成为汉语文学中的重要收获。同时也必须承认，由于诗歌潮流的巨大惯性，诗人们在大致相同的历史语境下，创作取向明显趋同，同质化写作已经引起了人们的警觉和有意回避。如何在群体中确立自己的独特话语体系和精神面貌，彰显出个性，已经成为少数

探索者的努力方向。在这样的写作背景下，作为一个诗人，作品的辨识度变得尤为重要，甚至成为衡量一个诗人存在价值的绝对尺度。

当下优秀的诗人和诗歌作品，可以拉出一个长长的名单，但我从众多的诗人中挑选出谢君、曹五木、李志勇、李双、泥巴、高英英这六个人，我看重的就是他们独特的诗歌特质、极具个性的辨识度。我关注他们的作品已经很长时间，有的几年，有的二十余年，最终把他们集结在一套丛书里，介绍给读者，也算是完成了一个心愿。下面我单独介绍这六位诗人。

谢君 解读谢君的诗，需要关注两个向度，一个是当下现场，即具象的现实世界；另一个则是跟随他进入历史的云烟，一再复活那些消逝的岁月。他在当下事件与过往经历的纠缠拉扯中，总是略有一些倾斜，为回归历史预留下较为宽阔的空间，并且多层次、多角度地深入每一个具体的瞬间，甚至在细节中抽出一些多出来的东西，而那些多出来的东西也许就是诗的灵魂。他似乎从每一个事件的节点都能找到回归往昔的路径，而且越走越深，越走越远，直至将个人的经历扩展为大于自身的时代梦幻，乃至构成漫无边际的生存背景。而这些构成他精神元素的东西并非谢君所独有，那是一个无限开放的空间，谁也无法封存人类共有的资源，甚至谁都可以挖掘和索取，可惜的是，健忘症已经抹去了无数人的记忆，只把那些有价值的东西留给少数人，而谢君恰好在此找到了属于自己的语言路径。他自由往返于个体记忆与集体记忆之间，把历史默片制作成具有个人属性的有声专集，在这专集里，他是主演，同时也是旁观者，他亲历、记录、发现，他用自身代替了一个庞大的群体，在独自言说时收获了历史的回声。在他的语言世界里，有刺痛，有忧心，有焦虑，有绝望，也有希望和百折不挠的生命力。而在表现方式上，我非常喜欢他的言说语气，他的叙述似乎带有迷惑性，具象而又迷离，跟随他的诗行，你会感受到他的体重，他的艰难，他负重的脚步……他像一个殉道者踏着荆棘在寻找精神的边界。他的诗，总是在向上拉升的同时，显示出反向的沉沦和历史的重力，并以此提醒人们注意这个世界的复杂性。

曹五木 我认识曹五木二十多年了，最早给我震撼的是他的一本开本极小的口袋书《张大郢》，虽然只是自印的一本小册子，但是这本诗集的冲击力让我至今难忘。他的放松、自由，甚至野蛮、无拘无束的书写方式，也可以说没有方式，他想怎么写就怎么写，其大胆而纯粹的诗性叙述，就像在荒原上开出一条先河。此后，我一直跟踪关注曹五木的诗，也看到他的一些变化。《张大郢》是一个完整的寓言，而收入诗集《瓦砾》中的诗，则是他多年的作品结集，时间跨度二十多年，他把寓言打成无数个碎片，通过每一首诗呈现出不同的人间世相，或者是精神幻象。他的视角往往是经过多重折射甚至是弯曲的，因而他的诗无论是清澈还是混浊，都已经穿透现实并且脱离了事物的原意，呈现出飘忽的不确定性。而在他独特的表述中，语言总是自带光环，散发着迷人的光晕。更难能可贵的是，他紧贴地面的写作姿势，给他的寓言建立了现实的可靠性和合法性，仿佛神话与生活原本就是一体，至少是同步。他总是毫不掩饰地把当代性埋伏在具象的精神肌理中，看似已经沉潜，而心灵时刻都在飞翔，而且带着原始的、本能的冲撞力。在曹五木的诗中，你能看到他的经历，也能感到他所构筑的语言世界，以多重幻象回应着现世，而他在现实与非现实中游走自如，仿佛地心引力只是一个假设，并非真的存在。

李志勇 我跟踪李志勇的创作已经将近二十年，在这个千帆竞技的时代，他的诗是个异数。他与所有人不同，以其独特性确立了自己卓尔不群的艺术风格。通俗地说，没有人像他这样写诗。他的客观、冷静、安宁、纯净，几乎到了"令人发指"的程度。他忽视了时间和急速流变的过眼云烟，把慢生活写到了静止的程度，仿佛处在一个凝固的世界。他本身就像一个静物，与周围的山川、河流、石头、雨雪、树木、一花一草和谐共居，并专注于对远近事物的凝视和书写。他异于常人的观察和理解世界的方式，他的角度，他的想象力，他的略显笨拙的语言表达方式，他的行文风格，他的不可模仿和复制性，都让人着迷。诗坛上只能有一个李志勇。就凭这一点，他可以骄傲地把脚翘到桌子上写作，而不必受到指责。

李双 关注李双的诗，不超过一年的时间，一次偶然在微信中发现了他的诗，一下子就被他迷住了，此后便盯住了他。让我说出李双诗歌的特征是费力的，他几乎是一个无法把握和定性的诗人。在他的笔下，即使是一首单纯的诗，里面的向度也是多重穿透并且相互交织的，其复杂程度不亚于一个不断被重组的梦境，模糊而又失序，却散发着神秘的气息。他试图用梦境笼罩现实，或者说把现实拆解为碎片并提升到高空，让每一个失重的物象独自发光，并在混沌中构成一个星移斗转的小宇宙。寓言帮助了他，允许他任意使用世间所有的元素而不用考虑其合理性，他自己就是制度和法官，同时也是语言的暴力僭越者，在诗中逃亡。他的诗是抓不住的，有些甚至是不可解的。我不愿像统计师那样条分缕析地去梳理他的现实和精神脉络，以求得出一个正确的答案。他的诗可能是不正确的典范，会让那些循规蹈矩的人们穷经皓首也得不到要领，因为他的诗歌出口太多，每一条路径都通向不可知的去处，恐怕连他自己都会迷路。读他的诗，我总有一种突兀感和撞击感，似乎是对常理和语言的冒犯，但又无可指摘。我惊异于他的胆量和独一无二的表现方式。如果不考虑沉潜和谦逊，李双可以举着大拇指走路，作为一个孤勇者，他可以目不斜视。

泥巴 一次偶然在微信中读到泥巴的诗，然后搜索到他更多的诗。此前，我并不了解这位诗人，后来我通过朋友圈联系到他，并向他约稿。正如他的诗集名字《我在这里》一样，泥巴的诗写的是这里、此在、当下、正在发生的事件。他所说的这里，其范围甚至小到具体的教室、居所、卧室、最亲的家人，包括他自己。他没有波澜壮阔的生命经历，没有英雄事迹，他就是生活在上海的某个小区里的一个普通人，每天上班下班，家居生活，吃饭睡觉。他的诗写的就是这些普普通通的生活，语言也不华丽，情感也不激荡。苦和累，疾病和健康，幸福和不幸，都被他作为命运的安排和赐予，平静地全盘收下，无欣喜也无悲伤。他的诗，平静、安然、温馨、豁达、感恩，一切都是那么亲切和真实。他的在场性抒写是与生活同步的，既不低于现实也不高于现实，却大于现实，成为一个人的心灵档案，甚至构成一个人的命运史诗。我喜欢他诗中的真、实、坦然、毫无修饰的复印般的详细生活记录，他的自言自语，他的小心思和大情怀……他以囊括一切的怀抱，几乎是把生活原貌搬进了诗中，朴素、自然、平和，春风化雨般了无痕迹，在个人的点点滴滴中露出一个时代的边角。他的创作实践，让我们知道，诗歌可以像空气一样包裹万事万物，一切都可以成为诗。或者说，泥巴给了我们一个写作范式，生活本身就是诗，语言所到之处，泥土和空气也会发光，万物在相互照亮。

高英英　接触到高英英的诗，是近两年的事情。她是河北诗人，虽然我们居住在同一座城市，但我此前对她并不了解，也缺少关注。直到有一天，我在微信上偶然读到她的诗，也

穿行于大理石

就是诗集《时间书》中的第一辑"长歌"中的一部分,《鲲鲟》《神造好一座山》《不周山》《济之南》《泰山》《长安》《煮海》《一天》等,读后我沉默了许久,有一种被惊到的感觉,很难想象这些诗出自一个年轻诗人之手。我见过高英英两三次,都是在文学活动中,印象中她是一个文静内向的女子,很少说话,几乎没有存在感,没想到她的诗竟然是如此奇崛,高山大海,波澜壮阔。她的这些诗"胆大包天",穿过现实直奔寓言和神话,她仿佛是创世主的一个帮手,在语言世界中对山川风物进行了再造和升级,成为一种耸入云端的精神存在。中国传统文化中有许多古老的元素,像种子一样沉淀在我们的文化基因中,只有获得息壤的人才能拓展土地的边疆并让万物发芽。在创世语境中,神话没有边界,语言大于现实,并且随意生成,不存在禁忌,所写即所是。但是高英英并非一直沉浸在神话中,而是拍了拍手上的泥土,收工了,不干了。像神脱掉光环,显现为肉身,高英英选择从太古的幻象中抽离,又回到现实世界中,直面日常琐事,成为一个职员和家庭主妇。她的《银行到点就关门》等书写日常生活的诗篇,让我们看到一个普通人的一面。这也是她的多面性。高英英的诗还在不断变化中,我相信她有能力走得更远。

以上这些是我根据自己的阅读感受和理解做的一些短评，难免有谬误或偏颇之处，好在读者自有其评判尺度和标准。谢君、曹五木、李志勇、李双、泥巴、高英英这六位诗人的诗，风格各异，创作路数完全不同，每个人都是不可替代的，也都是我看重的诗人，今后我还将继续关注他们的作品。我知道，汉语诗坛上具有个性的诗人何止这六人，这套"六棱石"丛书只是一个发现和推送的开端，今后若有机会我愿向读者推荐更多的诗人和作品。

2024年3月10日于石家庄

自序

谢君

《穿行于大理石》是我的第四部诗集。"四"是一个渺小的自然数,但此时此刻我却感觉到它的巨大。至此我出版印刷的诗已经四百首左右了。而写作的数量,无疑远比此数庞大。因为我有一个习惯,每一首诗出来后,我都会搁置数月并在冷静之后看它是否能够成立,如果不成立就丢弃了。我丢弃的肯定比我留下的数量要多好几倍。

这部诗集里的作品主要是 2020 年至 2022 年三年所写的精选。我对自己说过,二十一世纪应该有二十一世纪的诗歌,不同于二十世纪的诗歌。所以,我希望这本新书能有一点儿新颖度,包括它的语言、语境与时空,毕竟我活在全球化语境与新的价值观中。

我的诗歌永远朝向生活,与记忆纠缠,因而它们与我的人生与时代相切、相交,甚至重合。也就是说,我的诗所能共享的是我存在的风景,以及这片风景背后所隐藏的不言而喻的最重要的生命感受部分。它可能明亮,也可能幽暗;有欢乐时刻,也有悲伤、羞耻、震惊与荒谬的一瞬;有时候清晰,有时候模糊、不确定。诗在本质上是我神圣的疯狂，很多时候我不会隐藏自己。

感谢诗歌，成为点亮我生活的一盏灯，不是亮在一幢公寓里，而是亮在内心一座孤独的山丘上，它有顽皮、轻松和慷慨的光。

最后也是最重要的，我要感谢《诗刊》《诗潮》《扬子江》《草堂》《江南诗》等刊物，这里的一部分作品很荣幸地曾在上面发表；感谢花山文艺出版社，使这本书在这个世界上成为可能；感谢友谊和亲情为我所做的一切，激励我成为一个诗人；感谢阅读这本书的你，激励我成为更好的诗人并让我的文字得以实现。

目录

第一辑

诗人 / 003

蓝色十分钟 / 004

我在萧绍平原上看见云 / 005

让宗教或微积分去解释世界 / 006

二百吨孤独 / 007

墙上藏着一颗心叫韩珊 / 008

太空舞 / 009

魔术火花 / 011

我们在等月亮 / 012

一个人去爬山为了眺望悲伤 / 014

烈日倾斜 / 015

慢三 / 017

柿子 / 018

浦阳镇 / 019

浦阳江 / 020

小镇时光 / 021

橘子的微笑 / 022

洗衣机 / 023

和电视机在一起 / 024

诸暨红门 / 025
罐子之家 / 026
冬天，母亲 / 027
暴风旋转 / 029
孤独搁在我父亲的墓碑上 / 030
我的祖母为我套上衣服 / 031
我们时代的父亲 / 033
山山水水 / 036
加利福尼亚红杉 / 038
写给我的父亲 / 041

第二辑

写给孩子 / 049
己丑年 / 051
卡通 / 052
一滴雨 / 055
释放孤独 / 057
2666 / 059
盾构机 / 061
垂直孤独 / 065
宿松红石——给朱周斌 / 067
关于陈亮的诗兼致陈星光 / 069
我的朋友雪——给徐辉和郑德宏 / 071
负诗人 / 072

我们见过康拜因——给龚纯 / 074
早安孤独——晨诗一首，给五木 / 077
母亲与儿子——给詹明欧 / 080
出书记——写给边角兄 / 082
惠安石雕 / 086
青海湖 / 087

第三辑

在时间 T=0 的时刻 / 091

第四辑

杭州 / 121
地平线是你 / 122
这是一桩一如既往美丽的事情 / 123
鬼步舞 / 127
一个人在杭州生活 / 128
秋季四边形，题赠大卫、五木、横 / 129
灯笼树 / 130
一个人去爬山找一个安静的地方 / 131
孤独是一个句号 / 133
我种了一只鸟 / 135
打火机 / 137
孤独研究 / 139

恍惚 / 141

发光氨 / 145

远处的高山上龙在等着一个废人 / 147

我的秋天等于一公斤焦虑 / 148

一个人去爬山有一种逍遥世外的感觉 / 149

云 / 150

给亡父的遗照 / 151

楼梯 / 152

乌云 / 154

月夜 / 156

中国兰，给舟小度 / 158

与淮南的告别曲 / 160

南京，致胡弦 / 161

致一朵公元八世纪以来一直徒劳焦虑的
　　晚霞 / 162

会稽夜雨 / 163

给我一颗我可以联系的星星 / 166

第五辑

阿卡西记录 / 173

第一辑

诗人

就是那些
妄想为百万人写作的人。
就是那些
成了为千百个人写
而没了妄想的人。
就是只为三五好友而写
为逝去而写
为亡灵而写
也已感觉足够的人。
就是一个为追踪语言
而在潜水的人。
他在潜水。水说好的。
他以独有的孤独感
穿行在大理石内部。
他是一块大理石
穿行于另一块大理石之中。

蓝色十分钟

雨在走,小巷在走
一把蓝伞在走
伞下的人正在离去
上南门外坐轮船
去乡村养育孤独。
每个世界都有孤独
我的目光在走
我的房门
发出哐的一声
我靠在那里十分钟
很棒的十分钟
没有任何东西能够
进入的十分钟。
哦,伞下离去的是我的爱人。

我在萧绍平原上看见云

我的心,就是在那一天创造的
当你写在天上
写在你所去往的地方
你所到达的地方时
当你安静地在
我打开房门时突然出现
安静地赋予我春天
薄雪,农场,新修的马达
这很好,但是
有一天你掉下眼泪
浇在我的小镇,我的屋顶上

让宗教或微积分去解释世界

我的母亲为寻找一把镘铲
不可思议地跑去了
屋后的菜园摸索。
她已经翻找几个小时,
把脑袋探入橱柜,
把手伸进甑笼和抽屉。
她的生命
几乎在翻找中度过。
任何事物被她注意时
就突然消失了。
我也曾这样寻找你,
不知道掉去了什么地方。
我知道永远找不到了,
只剩下雨滴的声音被怀念。
我还记得你,
所以雨又出来了。
滴答,滴答,滴答,走进我的客厅。

二百吨孤独

我一直想把农村局后面那条宁静小巷里
有人在坚定并且稳定地祷告的六号教堂
以及那盏巨大的下垂的枝形吊灯
邮递给上帝。并附言：二百吨孤独。
他送出的光我没有收到。
我的唯一的光是一支烟
凝视着我被我慢慢用完。春天
空气被风吹得不知所措，空旷令我静止。

墙上藏着一颗心叫韩珊

秋天,心又凉了。墙在安慰,
说我在,不用担心。
心点点头。墙在浙东
浦阳江畔一个名为
临浦的小镇上。心叫韩珊
打扮洋气,爱唱歌,
十八年前的清晨
雪球一样越滚越远的清晨
走去馄饨店,出来时
被失控的大巴顶入墙内。
就是这样,世界是这样,
墙说。心在倾听。
除了光,一切变得不一样了。

太空舞

也许我们都有一个永远不会死亡的朋友。
青少年时,馄饨店出来,撞上拖拉机
车头一直把人顶至一堵墙,结果
墙倒了,人没事。高中毕业
在公交公司,想赚点儿钱结婚
业余时间跑长途,货车开到
江西,起火,爆炸。车没了
人毫发无损,连自己都不信。
最近又出了事,家庭变故,忧郁,
从大桥上降落,但被救了回来。
我刚想起他的名字——石铁勇。
这名字隐藏着友谊在小镇里
1990年代,我母亲上街
买一刀豆腐提两棵白菜回家
他母亲也买一刀豆腐放在
装着两棵白菜的篮里回家。
我们一起上初中,把书包
往右肩一甩,快速徒步
小镇空旷,一段铁路也空空旷旷
翻过铁路,砰,蹦出一辆中巴。
我们也一起跳过舞,峙山下
水泥厂空地,水泥厂的扬尘

穿行于大理石

不知地心引力,轻柔不可思议,
石铁勇将自己支了起来,用单手,
还用一个下午教会了我太空漫步。

魔术火花

我全力以赴,坚定地把我一下午
钓上来的那条鲤鱼发射太空,
让它飞一飞,钉入水波
生儿育女在荡漾中,
孤独在荡漾中
腐烂在荡漾中。这时
有个惊呼的声音"傻瓜"
那个湖边来来去去的幽灵说:
"这条鱼聪明,知道
让自己落在傻瓜手里。"
斜阳离我越来越近
斜阳无论以何种方式转动,
都是一幅固定的孤独图像。
不知何时我才能找到
一把刀和这个世界的中心
我所渴望的不是那把刀
而是可以将它扔往世界中心
永远旋转,成为一朵魔术火花

我们在等月亮

我们在等月亮。但是，月亮说，
不要看到我。那一年
我的母亲自杀，一只
农药瓶在秋天坠落。
我在学校晚自习。
我突然快速窜动像獾子，
从爪子后面飞出泥土。
在我年轻的时候，
我的害怕都和黑夜有关，
总有什么"咯咯咯"鸣叫着
试图爬入窗户。我记得，
那一周家中没有人，
对着邻居家的一棵樱桃树，
我的妹妹哭了三天。
但是，月亮说，不要看我，
我在孤独中。孤独就像
看不见的异形，
在我们的 DNA 中。
我在照片里不笑了，
从那以后，当我像一只
獾子窜动。在公社医院，
病床上，盐水瓶在晃悠，

打转。我害怕危险,
害怕"咯咯咯"的鸣叫,
但是别叫我们死了,
我们在等月亮。
我想问黑夜,你有伤害自己
或面对面旋转的同类的
想法吗?考虑这个问题时
想过失败吗?如果失败
就得被人看管,看着
你的一举一动。也许
它不喜欢我的问题。
黑夜,它不可能走了
凉了,没了。那一年
我的母亲也没走,
她醒了过来,但也永远死了。
当我们在等月亮的时候,
一支歌在广播里,
月亮说,即使悲伤这个词
也比我的世界喜悦。

一个人去爬山为了眺望悲伤

一个人去爬山，为了眺望悲伤，
或者收集一个最前卫的孤独
并将之纳入心灵的数据库中。
在一条奇妙的线上，
我无聊地爬着，它很长，
像烦恼，也可能空，
像时光的秘密。远处升起一股
黑色蒸气，那是水泥厂每天
释放的含硫的粉尘。
在一个工业且虚幻的时代，
我可以选择爬山和一个早晨，
但不能选择在这个早晨
所眺望到的一切。实际上
也没什么需要眺望，只是
试图短暂地离开世界，
离开失去她的悲伤，
并安静地在山中抽支烟。
也许可以在那里给悲伤写一封
关于悲伤的信以表达对
悲伤的思念。如果你相信
芝诺悖论，那么事实就是，
为了记住悲伤一千年，今天
早上，我在脚踝上绑了一个三角洲。

烈日倾斜

我耙了一堆树叶，用于引燃拖拉机轮胎。
平静的八月，自然光几乎可以凝结
和充值，但也无法使世界
更加清晰。五十米外
父亲拐着腿正把自己送往
空旷的湖边。树叶浮升，在空中
回望，如果你真的认为那是回望
可能会想起母亲，修补草帽
用一根棒针，也在八月之光下。
但是对不起，我不能忍受
她的脾气。我剧毒的状态
在与她战争爆发时。也许可以
这么说，她养出了比所有人脾气
更坏的儿子。但我不在乎
我在乎的是钱。去年的夏装要换了
显然又偏紧了。我的问题是
我总是穷得不够。所以
我喜欢安静坐着。五十米外
有人绕行，绕了三圈之后
我还是不明白他为什么
绕着那个湖泊。显然他老了
即使生活安静，星星无数

穿行于大理石

对他也已失效。这不能
怪轮船通过,也与稻田上
火车的晃动无关。火车很长,
火车很亮,火车的感觉是
你是一个一闪而过的傻瓜,
当树叶燃尽,在空中变成银色,
被气流吸收浮向太空更加明亮。

慢三

家里最温暖的东西是
翻开的一本书的
第四十二页
和压在上面的一盒
泊头火柴,在一张
绿色绒布沙发上。
1982就像一朵
淡蓝的燃尽的泊火
永远不会回来了
但我记得,第一次,
他们紧贴,在客厅旋转
张开的手,紧握
不掉落,在我午后
小睡的时间里。
我的父母
让我感觉焕然一新
如果知道我已醒来
舞步就会悄然而终。

柿子

我的女儿在网上订购柿子
像互联网上承诺的那样
它们到来时清香、泛红
撕皮一吸,甜透心窝。
可吃了也就吃了
没什么特别记忆。
值得回忆的柿子永远在树上
在萧绍平原的秋天。
日落时分,扛上梯子
我带爱人去摘柿子
火红的地平线上
树上是柿子,树下是柿子
咬在我们嘴里的也是柿子。

浦阳镇

手里举着天线杆子,脖上挂着铁丝
我的父亲正爬往屋顶
修理电视天线。
我的母亲跑在院中拉紧了
从屋顶垂落的导线。
邻居们站着看着,在院外指挥
一会儿喊朝东,一会儿喊朝西。
旭日中,
神的喜悦是江上
运输船的平静行驶。
一只客船驶近小镇,
载来了香蕉菠萝,
码头上的喊声是,
"香蕉,香蕉!""菠萝,菠萝!"

浦阳江

一条我家乡的河,随时可以
在水面放置三朵水花的河,
用三块石头。
在供销社屋顶下
在拖轮与驳船的震响中
我的父亲在江畔等待
货款像常春藤爬满房子。
而在民国,有条木帆船
在等着我的祖父回来,
并在夜半惶恐地查看
中国地图,用放大镜寻找
军阀们坑坑洼洼的喧闹。
他的兄弟,当张开嘴巴
大喊冲锋时,一颗子弹
窜入嘴巴。他的窗台上
总是停着两三个黄酒瓶子。

小镇时光

照顾一个声音
用寂静
寂静可以帮助一个洋葱
在我母亲手中降落时
发出清晰的声音。秋天,
天刚亮,亮在空中,
亮不动,亮是我的一个警句
数一数对面人家的窗户
数一数街上的商店
数一数,小镇亮完了,小镇只有一个。

穿行于大理石

橘子的微笑

我的母亲看见橘子的微笑
在她怀孕那年
初秋
黄岩机场修筑完工
我的父亲在盼望中归来

黄澄澄的一网袋橘子
一齐奔流饭桌
涌动中有两只滚落地面

尽管那只是橘子
当它们加速赛跑时
你知道橘子的欢愉吗

世界，贫穷
两只橘子尽力了，谢谢。

洗衣机

这是事实，我的母亲是一台洗衣机。
事实不会因为她是我的母亲
而改变。很久以前，跟在她身后，
我和她抬着一台洗衣机，
登上了回乡的公共汽车，
我就感觉她是一台洗衣机。
但是，好像是为了反驳
我说她笨重似的，
我的母亲又定义了轻。
一片花瓣闪过厨房窗户的轻。
饭桌上盖着的春夜的轻。
有一天我去云南时
把注意安全四个字
轻轻放在我身上的那种轻。
以及因贫穷而无以激发
遐想只能花掉一生像花掉
一分钱的轻。也许，
我的母亲是一个带有
铸铁底盘但又充满热空气的人。

和电视机在一起

在我离开的时候,她说马上回来。
手术以来,我的母亲一天
一千四百四十分钟盯着电视
视力越来越糟
但她只对电视感兴趣
并且只看伟人和长征。
她过得很愉快,因为
有八十九个频道可供选择。
我微笑着说马上回来。
我试图表现出鼓励的样子。
我记得二十世纪
我们小城"伟大"的传记之一
在电视刚出现时
有人偷来一台,
然后在晚上专注地观看
百货商店失窃案的新闻报道。
我下楼抽烟,又取水果
然后坐回黑暗中。在我
还是个小孩子的时候,她肯定
也做过同样的事情,很可能还抱着我。

诸暨红门

我的母亲不知道我们下错了站。
列车上,母亲问乘务员
到白门什么时候?
对方说马上下,
红门过去是白门。
过了红门,我们下火车,
发现是诸暨站。
站上的人说坐过头了,
红门过去是白门。
那一天中秋,月色宁静,一朵
云彩轻得好像随时准备前去
为《倩女幽魂3》试镜似的。
在往回走的路上,
饿不饿不记得了,
只记得一辆拖拉机
从对面驶来,相遇,车上满载
男女社员和他们摇摇晃晃的罗曼蒂克。

注:红门,是浙赣铁路线上的一个小火车站,以前
　　叫白门,后改名红门。

罐子之家

作为一个物理量,它们在积累,
装满了母亲的房子,
又堆到敞露的后门廊。罐子上
搁着麦草扇、旧报纸、雨伞、
万年历、绿瓶子,以及一本我曾
通宵阅读的小说,关于一个
失踪的人或者说一桩悬而
未决的罪案,一把沉入桥底
淤泥之中的锈蚀匕首,二百一十页。
一个充满罐子的家。罐子里
有些什么只有罐子知道。
事实上,我的母亲也是一只罐子,
庞大笨重,装满了会唱歌的大黄蜂,
当她孤身一人,气喘吁吁,拖动
自己的两条长腿,艰难而深情的样子。

冬天，母亲

冬天，有一大堆衣服需要脱。
熄灯！
母亲叫喊，该睡觉了。
我们开始脱衣服，压在被子上。
三个人睡一张床，哥哥在外，
我中间，小妹最里面。
仰面躺平，我说，跳进来。
一个身影嗖地飞过，
我的妹妹被母亲抛了进来。
我的母亲手臂粗壮
像东北熊，当因拉力而
绷紧的时候就成了
拖挂式运输车前车车厢的
挂钩，如果穿越倾斜的
丘陵地带她可以将我们
拖行三十公里。所以，
我的母亲很难提供温柔。
有一年，新年前，南门超市
促销，她在货架中穿行，
购买八包粗盐用于腌菜。
刚刚离开收银台，
一个保安忽然向她冲来。

穿行于大理石

然后是一阵歇斯底里的喊声
——好啊来搜身,大块头!
如果我猜得不错,在冬天
一个庞大的女人和一家
大型超市会存在一种值得
怀疑的关系。所以,歇斯底里
是我的母亲作为母性最有效的一部分。

暴风旋转

我可以肯定,我的母亲一伸手就能
抓住飘浮物,不管那是春雨、秋雨、
梨花、小葱、一束折射光、
五元币、十元币、一团重力三十牛顿
以上穿越时空而来的孤独。
我的母亲正在制作暴风旋转图景。
当我向院门看去她在井台,
向井台看去她在鹅笼,向鹅笼看去
她在猪圈,向猪圈看去她在一张晚餐
桌子前。现在是从东窗下搬出
一坛米酒的时候了,它已等待
这么久。当我向布置完毕的餐桌
看去她在菜园,向菜园
看去她在旷野。如果我说得对,
旷野和我的父亲,似乎是
天生的一对。公元二十世纪的
天空就这样黄昏了。会稽山绿得
好像飘浮在一个时代的黑色幽默中
并思考着几个巨大的形而上学问题。

孤独搁在我父亲的墓碑上

我放炮仗
那边也放炮仗
我甩锄把
那边也甩锄把
锄把的木质舌榫松脱了
我安静下来
那边也安静了
我觉得那边令人生烦
也许那边觉得我也烦人
脱下外套搁在墓碑上
一片冬雾也搁在父亲的墓碑上。

我的祖母为我套上衣服

手臂摇摆着,直到鼻孔浮出毛衣。
然后是棉袄、外套。晨光里
我的祖母为我穿衣,按着扣子
从下往上。她说,如果在学校
不守规矩,把我送给捕蛇人。
她问,长大干什么?我说不长大。
房门打开了,随之是轻吼的
声音——快点儿,要迟到了。
我在树下行走,这棵和那棵
都是梧桐树。我在树下长高
这一天和那一天,掠过
山区的飞机都是我的朋友。
我离去了,在雨中。我总在
雨中离开,在船上、火车上
背着旅行——路上小心——
一个声音反复在耳旁灌输。
我迷失在城市,到处大理石
贴面的房子。我抓着方向盘
按着喇叭,唯恐上班迟到
已经那么晚了,不可以迟到。
那一天我扣着衣服,从下往上
啪的一声,一颗纽扣掉落滚动。

穿行于大理石

当我返回,拖着旅行箱,
村庄还是离开时的样子
书柜里还可以找到一支笔
夹在多年前尚未读完的书中。
现在,我在为她套上衣服
——是的,葬礼很突然。那是我
最长的一天,为了寻找我祖母的衣服。

我们时代的父亲

父亲的本子上,没有散文和诗,
只有在工地干活记下的工时。
　　　　　　　　——佚名

胡志刚说,他的父亲扛过高射机枪,
在越南,在胡志明小道上
打美国飞机。高射机枪
苏联产,子弹头胡萝卜
那么大,由于开枪震动
岩石下还窜出一条大蟒蛇。
胡志刚父亲得来的勋章
后来被他换了糖吃,但是
没有人动手也没人不高兴。
胡志刚的父亲走的时候
六十二岁,生日无人知道,
因为他自己也不知道,
一个孤儿被共产党收养,
拉去部队做了一名小通信员。
在五木小时候,
他的父亲为他弄来了一本书
《哥德巴赫猜想》,
陈景润写的。听广播说,

穿行于大理石

陈景润是科学家，科学
对孩子有好处，于是就买来了，
从文安县城。当华北平原
抖动着粉色与紫色的蓖麻花、
绣球花，当春天咯咯咯鸣叫着
把人哄进玉米地，当他的父亲
在堂屋敲打，把铁皮砸成
生活用品，水桶，水舀子，
煤油灯，煤油炉，然后
自行车满载着，一村一村
去叫卖，五木就把书本翻上了，
咬着玉米面的饼子，
懒洋洋把身体压在竹制凉椅上。
昨天，父亲节，
有句民工的话在抖音火了，
让我想起父亲留下的笔记本，
硬皮，封面画着本名，
里面横线条，线条上三种笔迹，
铅笔，钢笔，圆珠笔
全都清晰可辨。确然如此，
没有名言警句、诗词曲牌，
没有感悟，苦，累，孤独，
也没有一句春天的描写。
只有阿拉伯数字。所记的日子
是去运河码头背运大包。

傍晚时，卡车驶来，他们
拥入储运仓库，用力揪住
大包两只角——由于叠垒规整
身子稍一歪斜大包就自动
倒在肩头上——然后走向
卡车装运跳板。当一辆卡车
满载时，另一辆取而代之。
大包盛装大米和化肥，
一种麻布，一种塑布，标重
两百斤。除了干活儿的日子，
我的父亲的本子上还有各种
数量关系，最重要的数量关系
是钱，毫无疑问那是最孤独，
最不容易，也是最喜悦的数字。

山山水水

竹园的笋被锄，继而鹅被宰，母亲
在准备酒菜。天空空着，鹭鸟
出来填补了一个点。我咬着笔头，
无须担忧江水送来一堂课外作业。
两岸青山分列如同合唱队。
是山山水水粘在红色小镇上
还是小镇粘在绿色山水中，
这个问题无人问津。我也不想
问津。也许，鹭鸟的遗憾是
它不是第一只鸟出现在天空。
蒸锅汩汩作响，鹅肉的香味渐渐
浓郁，炉子的慢火还在舔着。
院内板凳两侧，兄妹席地而坐，
书包摊在身边。当晚间广播
响起，小猪嗷嗷叫了，觑着门外。
母亲在食槽前训斥。母亲奋力
抹了桌面又摆出碗碟。院门
一直敞开着，江水忽地掀起绿裙。
父亲和他朋友推着独轮车从
镇外回来，草绿的解放鞋上
粘着土黄。他用力一蹬，泥巴
掉了，星空挂了出来。居首落座之后

他说满上,喝,把酒杯端得很高。
对方一饮而尽。在浙东,他们是
贩卖石灰石的兄弟,墙上挂着
归来的竹壳凉帽。奇妙的烟雾在
头顶缭绕,当钟声叮叮敲打,
我的妹妹上楼去了,母亲的最爱
爬上了杉木床。倒酒倒酒,父亲
嚷着。夜晚愈益冷清,他的喊声
愈益响亮。他的朋友摆手申明
不不不。母亲斟酒说多喝点儿。
广播息了,暗夜中,狗在撕咬,
列车隆隆驶过。我只好爬去
另一张杉木床,一盏灯亮了又灭。
豪饮还在继续,在楼下父亲
喃喃自语酒酒酒。母亲低声
说着对对对,再喝点儿。我趴伏
在一个魔术师的黑箱子里。
我在楼上渐渐入睡。现在,
我仍然趴伏也很快入睡,父亲
却已沉默。世纪也已换了一个。
我是父亲那一年的年龄了。
我的烟瘾也和父亲一样大了,
这是我每天永恒不变的开支:
三包利群,七十五元。我不喝酒。
我只记得父亲一生有过那么喜悦的一天。

加利福尼亚红杉

我知道加利福尼亚红杉,在很小时
为了一架波音 707 的降落
父亲带领民工开赴杭州
扩修机场。当他骑车回来
他告诉我们杰克·伦敦的故乡,
红松和红杉树苗
尼克松给杭州送来的。
那一年,父亲在杭很长时间
因而找到了奶油软糖。
再没有比这更快乐的事了
每次回来,从一个遥远的地方
他都带来好吃的。如果是
肥美的江鱼,母亲就在
井台宰杀,提着木槌和厨刀,
扑地一槌击中正确位置
鱼就不会晃动了。如果是西瓜
我就直奔车后架,然后
凑近井沿,丢入井底
咚——水花的声音不可抗拒
令人难忘。所以
我期待他的自行车越跑越远
堤路上,枫杨沿着路缘

垂下银白花苞,一个身影
把着车把,那是我的父亲。所以
我知道了加利福尼亚
知道了红杉
知道香槟杯炸了。回国后
为了向女儿说明中国酒的厉害,
尼克松把一瓶茅台倒入杯中,
随之打出火苗——
第一夫人惊呼:
你怎么把飞机燃料带来了。
一个欢乐的传说,母亲听后
笑了两周
父亲也笑了,划出一朵火花
呼出一枚烟环。父亲的烟环
在升起、摇摆,我抓时却散了。
今天,在加利福尼亚北部
我见到了骄傲的巨树
空旷的红杉林给了我静听的机会
让我想起枫杨。我记得
每当父亲蹬车远去在黎明
母亲就去往井台
趿着的凉鞋像鱼尾轻轻甩动
而日落时,她将再次现身
提着水桶伫立井口,
当古老的清澈上升

穿行于大理石

当她凝视堤上枫杨,夏季
特有的凉风将为她捎来铃声的飞扬。
我应该说,那也是一种飞扬,她的目光。

写给我的父亲

有一天,晨光下,有人手持长柄戽水瓢
走在江堤上,很像父亲。几年后,
又像电影看了一回,有人出站走来,
像父亲。但是,没有超自然。
不真实是我的感觉。
我燃尽了一支烟。
我以为那是你的来电,候车时手机
振铃了。但在铃声响到一半时
我按了一下。以前我接陌生电话,
但现在不会了。晨光中,
火车远行,山峰打开关闭像移动门。
世界在开闭,但我知之不多。
有一个美丽的驻留原点在夏加尔的
画中——我和我的村庄。
很长时间我感觉我在那画中,
和一座山、一幢房子、一头大牡牛、
一对中国父母以及三个孩子。
但最终世界是——我和我的孤独。
孤独是最大的赢家。
我没想到父亲会走。我的父亲
走了很久了,无可辩驳,事实。
那是十岁之前,我坐船上区公所

穿行于大理石

找父亲，我想他会带我看场电影，
会领我去饭馆吃饭，会将一角
纸币塞进我的口袋。但是，
他马上托人捎我回家。
很久以来，世界是这样，我的
父亲是标准的一部分，
在服饰和行为举止上。我想说
这就是在我父亲刚刚离世时
我所记得的童年往事。也许，
他有着不可理喻的刻板，
也许，你很少能看到他的微笑，
也很少感到他花时间在你身上。
但这重要吗？有一年，
当他不停来信，以连续
十三封信的颠覆性密度来确认
我是否活着时，我才明白
什么是一个中国父亲的爱。
有一年，当女儿突然说
想去英国读书时，我才明白
一个中国父亲为承担父爱是
多么艰难。在浙东，在门廊外
每只鸟都知道枫杨垂下的果穗
是白银，固结的光亮仿佛用
我们最爱的炉火所铸制。
"现在到了熔炉的时间，

只应看见光。"一个夏天，
我在房间抄录诗行，朗读。
父亲进来，问谁写的。
"何塞·马蒂。""什么，姓何又姓马？"
我笑了，父亲也笑了。除了古巴糖
我们不知道古巴，除了大花布
我们不知道苏联。晨光看着我们，
轻微，永远。晨光正在看下去，
一对中国父子，还有一个母亲在井台
我的母亲不难理解，
她点蜡烛只许一支。点煤油灯
不许灯芯伸出瓶口太多。灯体上
有个铜制旋柄可以调节灯芯长度。
在那遥远的幽暗中我的母亲
踩缝纫机，炸油滋墩头。这并不
是说她喜欢灯火如豆，很久以来
世界是这样，对光亮要多加小心。
所以，我的母亲点灯只许十五支光
不许四十支。在有了电灯之后，
她结婚了，办了一桌饭，桌上
没有新郎官，我的父亲
去桐乡了。我的父亲现在正在呼出
烟圈。他在等待晨光成为一个变量，
或者给我带来什么。晨光终于把它
投在了我的脚下。八月以后，

穿行于大理石

一艘客轮江上走来,白色,双层
甲板宽大。离开,
到眼睛看不到的地方去,我想。
攥着书包,
我站在甲板上。当船舷旋转,
波浪分行,母亲的腌菜罐顶着
书包滑动——她把它擦得
干干净净,她从缸中舀水,
动作轻捷——当我回望,
码头上有两棵树,一棵枫杨,
一棵父亲,扬着手臂。
那一刻有个秘密在滑动,在心的
边缘,也在晨光和浓重的
波浪里——我抓住那秘密了吗?
多年以后,朝朝暮暮的客轮消失了。
波浪仍在撞击。新的世纪,
我正年轻。我和父亲去旷野
丈量土地。在鹭鸟飞翔中。
在柔软起伏的蒿草中,
一卷皮尺随我穿行,我朝父亲
高喊,抓住,绷紧。但是,
皮尺挣脱了,从他手中,
一次又一次。争吵发生了,
直到工办主任走来。我不能说
我已遗忘那个清晨。一座山

和另一座山在衡重。一颗心
在破碎。由于雨水稀少,
萧绍平原破碎了。由于短路,
一只保险丝盒被烧毁并变黑。
这可以解释为什么时间是一枚
大头针扎在我的意识里。很自然,
那天土地量少了,买地建厂的
欢乐随之消失。事后,我想说,
是他的失误。当我知道是我
不对时,我的父亲已经走了。
血管堵塞猝不及防。我在那里,
我看着他走。我再也看不到他走了,
走过平原,走过青山。当我
燃尽一支烟,一只铁皮桶倾尽了
雪水。一个空格键拉出一行空白。
我飘浮了,在那个冬天被拉远,
分离。我的父亲只给我三十六年。
我最毒的状态竟然在与父亲
爆发的战争中。我不知道
为什么我一直冲动,我的冲动
总是比别人快一点儿,以至于
无法避免让父亲在失去
尊严的世界再一次失去
他应有的尊严。
这就是在我父亲刚刚离世时

穿行于大理石

我所记得的童年往事。
有一天,深夜回村,踩着
地上的石英,在车道边小解时,
当我点上一支烟,陡然察觉
这一习惯是我父亲的。就这样
我又一次见到星空,在那个
冬天以后。它在闪烁,它闪烁
很久了,谦卑,孤独,有点儿光。
很久以来,世界是这样,每只鸟
都知道,在浙东。就这样大约
一分钟,我的孤独在拉长和扩大,
心知道一切,心知道那秘密,
每一缕星光,每一缕晨光都是
熔炉之光,都有着看不见的疼痛。

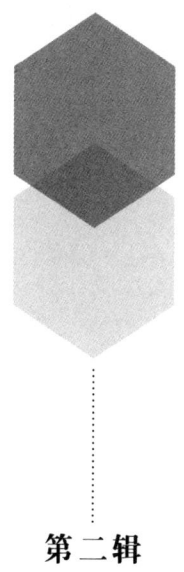

第二辑

写给孩子

春天是美丽的开始,不需要假设。它的每一朵
花都将找到合适的色彩。你也如此,
我的孩子。当我们同行,在公寓台阶上,
在南门街,在地铁 2 号线和超市之间的
地下连接通道,在那么紧的风中
靠得那么近我感觉很好。事实上
这是经常发生的事,并且情节稳定,
一成不变,因为你是不可分割的。
谁也无法取代你的存在,在我与你
母亲之间,从那一天开始,当医生
用铅笔把你圈起来,这里,她说。
在超声波图上,我盯着,一个光点,
苹果种子大小,在一片静态的看起来
像外太空的幽暗中,她正在攀爬。
你永远在攀爬,走向独立的自我,
在戴着珍珠耳环时,在梳着蜗牛似的
辫子时,当你阅读,与林鸟的鸣叫
混在一起。看着你的眼睛,我似乎
看到了与我同样的童年页码与轨迹。
我看到的比我想说的还要多。
不止一次我有这样的感觉,你是
迷人的百里香,跳动的涟漪,即使

穿行于大理石

我不是平原和湖面。也许需要一百页
以上长度的小说才足以描述现在的你,
关于你的蓝绸连衣裙,一只镯子,
或者仅仅是拖着行李箱归来的步履声。
所以,这首诗只能是给你的,我的孩子。
那么,我是否忽略了你可能带来的担忧
和孤独,暂时还不清楚,暂时让它
作为一个飘浮物屏住呼吸在微风的搅动中。

己丑年

一朵紫色泡桐花在民国和中华人民共和国之间的
风中飘摇。己丑年春
我的祖父摘下他的老花眼镜
推一辆独轮车
载一坛黄酒上了祖坟地。
和我的曾祖同饮。饮毕下山,解放。

穿行于大理石

卡通

你能连摔三跤吗,在地铁出站的时候?宇宙的
问题好像也没大到需要你反应这么大。
但在理论上它完全可能,当情绪
不稳定时。因而对于我这不可避免。
大约两分钟,我有点儿"卡通"。
天空在下雨。通常,在我极度失意时
雨就来了。它来了只为证明你是对的,
即使歇斯底里。当汽车轮胎忘了
替你更换,或没时间到机场接机时
你都歇斯底里了。我没预见到
有一种症状叫歇斯底里,并且
相似的历史事件大约四个月
发生一次。为此我三小时沉迷于银河系
漫游,又看了部电影。
山加山还是山,雨加雨加雨还是雨。
雨也没什么大不了。我的 2021
也是别的地方的 2021。2021
缅甸和印度好像问题越来越大了。
2021,春天,自从忘记给你购买
托帕石以来我一直感觉抱歉。
我很抱歉 1990 年代给你购买廉价牛仔裤,
2000 年后还是买低廉的。

因而托帕石很重要。但是，
你本身就是托帕石并且更有光泽，
能够释放十二种以上色彩。
我的意思是，你是我的最大热搜
从初见到数字时代。但是别忘了
我的名字叫我很累。2021
我有点儿沮丧。这源于以下事实
就在这个春天，一场龙卷风
穿越工地，当我扑向窗口，
一名建筑工人高空坠落，就像
一次加速度测试但不在 1590 年。
因为地上有血，我的老板因此
显得"卡通"，他正在设法争取亚运村
安置工程，他的粗鲁无礼符合
他的心情。但这不是世界末日到来，
它一直都在。从理论上，瞬间意外
不可避免，这是一座城市
垂直飙升时所需支付的代价。
有一年，当我抬头盯着一幢高楼
走近时，我的帽子掉落了，
捡起帽子之后我就理解了，在杭州，
我的面前有两个世界。当然这一切
与你无关。但是，我的名字叫卡通，
我的名字叫我快节奏和没有时间，
我的名字叫每一颗樟脑丸的孤独

穿行于大理石

或樟脑丸作为孤独的魅力。这是一桩
美丽的事情，当我为你递上樟脑丸，
当春天看着你折叠外套。也许
你不能忽略这样的事实：你需要
一颗樟脑丸并将它放入尼龙袋。
它是一个透亮的光点。在杭州，
在某幢住宅，当我经过灰暗的
滋养壁虎的楼道，上了楼梯之后
我以为我已经拥有光的美好和充实。

一滴雨

她是什么意思,你认为?没有定论。父亲也没
　　定论,
X光片上肿块消失了,但这也可能意味着
另一种不明情况将会出现。坐在清晨,
望着早上八点——它什么也不说,
也没鸣叫的提示音。一个始终安静的
不打算打动我的早上八点。远处,
山在制造小气候,一辆独轮车疯狂绕行,
把一只羊踢到一边加速绕着,仿佛
不这样空气就将失去活力似的。摸出
一支烟,点燃,坐在清晨可以接受
阳光的位置。一个女人也在椅上,在小巷
另一端,一条腿伸着,另一条支在椅上。
当下巴搁在膝头上,一块肩胛骨
向上推动弹了出来,她的头部也因此
歪斜不可捉摸——那是什么意思,
我没有定论。但这解释了为什么我
一次次回到竹椅上。直到我的父亲出来
举着锄把告诉空气去种一块地,在
二十一世纪之前把谷箱装满稻子。砰的一声,
一滴雨被他叫了下来,打在脚下,

打出一个洞,一种孤独。也可能不是一滴雨,而是一个洞掉了下来,强壮,愚蠢,并且富含二氧化硫。

释放孤独

借清晨，走去大街释放孤独，顺手切割几朵
　　云彩，
感觉这是一个非常稀薄的大气层，特别是
诗的空气，薄，且脆弱。马路左侧，
一个老头儿在挥手，很热情，脸上洋溢着
农民的朴实，以及冥想中的爱因斯坦
读取阿卡西记录并对着光束吐出
质能方程的喜悦光芒。凝视一阵，
发现招呼的不是我，而是一辆别克。
向前三十米，他说。引导汽车靠边静止，
静如岩石。然后拍打车窗：
二十元，放心停车。车位尚很充足。
感觉整座城市就是一个停车场。
感觉地球是平的，但事实它是圆的。
一言以蔽之，适合我释放孤独。继续行走，
慢速，随机，沉迷于一个瞬间，
遇见一个戴帽子的人在小餐厅内吃早餐。
现在6：36，举头，高空有个椭圆心旷神怡。
不清楚是不是一架FC-31离开航空母舰
在给定的时间内顺风返回时的一个活动圈，
很像我的脑勺。伸手摸摸脑勺，感觉

它需要这种安抚,好老的头,我拥有它
很多年了,越来越愚蠢、谦卑,不只是一点点
　谦卑。

2666

你是被用来发光的。这个周末用来让
一个退休老人专注于晨报
抬头持续两分钟,然后登上免费公交
东门菜场西门菜场之间旅行。
最后他将提一把小菜回家,
并注视那些
不是机器人的机器人在高层建筑
极其精确地组装建筑组件。
在他们头顶,黄色吊机的长臂
快速做了一个很大的旋转动作。
也许,这个周末是用来让一辆
救护车发声的。或者
让一头北极熊凝视世界
坐在数万公里外一座
逐渐缩小的冰山上。或者
让强子对撞机加速粒子
在日内瓦附近的地下隧道
模拟大爆炸后的宇宙初始状态
但有可能它在制造一个黑洞。
马路旁,有人在书报亭
翻动书刊看女人不穿衣服,或者
穿着暴露的短裙凝视太空张着嘴

穿行于大理石

但不久之后他将喂养手机里的
数字猪并在一片数字农庄施肥。
我在城区最自负的大厦内上升
即使 2020 的孤独对你说
2666 仍将孤独,但让悲观擦去
2021 是不可以的。我也无法
穿越到 3000 年。所以很快
我将在大厦里咕哝咕哝请示
在一张黑色桌子前。所以很难说
我们不扎根在一个玻璃器皿内
真空、热度无法想象。很可能
我就是一条钨丝,具有
导体的属性,并且很早就被
物理学发现了,因为我是被
用来发光的。即使有一天
你按动开关时发现自己灭了
但是晃一晃可以重新搭上。如果
你的口袋确实装着一个不稳定甚至
焦虑的信号,那么晃上一千千米也许它就掉了。

盾构机

声音有它自己所传递的重力,甚至悲伤
在这世界上。有一天,一首老歌
回到了身边,我很熟悉
——《小小少年》。很多年前听过它
在晚春、农场、钱塘江畔
有人在唱。如果你能够给我三公斤
往昔的白云,并在棉田上倾斜
斜度九度,我可以给你
三小时零九分讲清楚我的记忆。
但这也不会复活九十年代
以及那破碎的一天——
我走出场部,到一公里外凝视公路上
卡车摇晃。黄尘吞噬天空
但没有来人。永远不是永远
这是后来的邮书告诉我的。我曾经
以为那将永远,但后来发现
永远不是永远,我曾经以为
那一天就要开始,但后来
发现那一天就是结束。阳光很好
但不得不说明媚已死。事后
我烧了信。我以最快的速度
回了一封信。它在出发时

穿行于大理石

因与战斧导弹碰擦而身挂数千朵
燃烧的火苗。接下来的三十年
你的风景被隔离在一座雪山上。
那很遥远,哪怕你是一只天鹅
在海拔数千米的清澈中
优雅地将头颈浸入纯净的雪湖
我也倾空了你,当我
阅读叔本华,推动文字如岩石。
某一天,黎明时分
专注于捕捉涓涓细流
在水龙头下,我忽然意识到
唯一聪明的事物就在身边
——一只铁皮桶,每天都在盛装。
世界不在这一秒,在下一秒。
让我为自己构造一个论点:
成为船蛆,在江边一条孤独的
渔船内部独行,并排出
黏液加固洞穴。若干年后
已经二十一世纪,比二十世纪更加困惑。
困惑认为我还可以继续接受困惑
困惑认为我无须知道
距离天亮还差几个小时
困惑认为我最好寻找往昔在黄尘之中
因而我见了很多从未想过可能
见到的人,从黄河畔到西南边陲。

那是隐秘的欢乐，某一年
在田野考察微信群里，我说。
有人回复，我们是时空穿越者。
有人说，我们是盾构机，在地下
二十米。那是昆明电信局的
兄弟，他提及风城狂飙
遂而又放弃了。我出发了
风城的狂飙只有风城知道
这是魔力。由船蛆进化为
盾构机也是魔力，它因庞大而可
承受千斤顶在尾部加压顶进
它酷爱切削含水的砂岩
并释放火花，它痴迷于携带
五米直径的圆形刀盘
以布律内尔法向前掘进。少年
瓦特如果坐在今天的水壶边
他必将首先制造盾构机，然后
才是蒸汽机。当然我说的是
如果。世界需要如果。我需要
成为盾构机。天赋的孤独
有助于我打开全新的作业面
宽十二米，高六点八米。
隐藏的风景承诺我去往任何地方。
未知的光亮可以让我活在未来
而不是现在。但是，不得不说

穿行于大理石

有片风景我没有如果,无从抵达。
有一天在云南景洪,澜沧江畔的
酒吧,一首老歌突如其来
它很棒但已过时,令人黯然。
令我冥想在旋转的蓝光中
并成为隐形人。这么说吧
如果你能给我找到一个黯然容量
最大的词,我可以告诉你
遥远之处,一朵四十五公斤的白云
停在我熟知的雪山山顶,轻盈
聪颖。但是,我也不能完全排除它的
英年早逝,如果那座雪山是熊的住所。

垂直孤独

胡志刚的分行,形态特别细长
让我凭空想起旷野上
支电线杆,几个民兵队员
在人字支架旁
很吃力和孤独的样子。
也让我想起一种植物——黄麻
秋天,麻花开放之后,
拔麻,剥麻,捆束,装船
送去省城,成了繁重的劳动。
它的品种是苏联的,
青铜的色泽特别美丽,
因而在萧绍平原种植广袤,
大片大片的,我的长腿
跑着跑着,就在广袤中跑拐了。
跑拐了只好睡回床上。
它趴在地上像一只海龟,
但脚是铁的。每天晚上的世界
就是我趴在海龟上的一个晚上。
一晚一晚累加,就是一种孤独。
孤独是一种无法扔弃的东西
因而被我封存了,装入陶罐,

穿行于大理石

罐口糊抹泥巴形成帽式封盖。显然
我没有意识到它们可以垂直叠垒,
像胡志刚制造分行那样一支一支的。

宿松红石
——给朱周斌

题记：朱者，红也。引人注目的东西往往是鲜红的。朱周斌老家，安徽省宿松县小湾村，坐落于县城西北，是宿松火车站所在地。铂金红石（宿松话叫朱嘎石）是其家乡特有的矿产，附近大别山上据说还藏有红宝石。岩石质地坚硬密实，加之鲜红，每每令人想起朱周斌其人晶体般超凡脱俗的激情与个性。故作此诗，以志友情。

生活可以失败，生命不会失败。也不知道用
什么样的夜晚我才能保证我的孤独不会
随风而逝。引人注目的东西往往是
坚硬和可怕的。它的紧密源于
巨大的压力作用，即使在冷却之后的
孤寂中也仿佛在燃烧、熔融和杀死自己。
它生来就具有热血沸腾的品质。所以
红是它的名字前缀，也是其光泽
和输出信号。这就是它无法打破的
存在模式——世界残酷我红着。
残酷是一台热烘烘旋转的传动机，
我们也必将始终与之连接一起。

穿行于大理石

也许不只是一台,而是两台。所以
我只能忠实于自己的弯曲,干燥,
开裂,以及噼里啪啦的随机爆发。
当时间说,我一直在等着你,
你却依然是无名之辈——无房无车,
甚至一辆电瓶车也无力拥有。
也许世界有时遗忘底线,就像我曾
持有的股票,七十五元中签,最终
跌到了四角钱。它还在跌,但世界
不会摘牌退市,当悲伤来临,即使
借用尼采的孤独哲学也无法稳定
我的存在。所以,我是且只能是
一个凌乱并不断折腾直到自我爆炸
倒计时的怪物。事实上,兄弟,
你也一样。因为热血沸腾就在你的身边。
因为红石,你的故乡宿松每每给我
一种晶体般的令人惊讶和超凡脱俗的感觉。

关于陈亮的诗兼致陈星光

一个下午，孤独，连马赛克也遮挡不住，都只
　　能看到
一堆无赖，头上一顶铜盔，鼻间一片护鼻甲，
身披一件锡制胸甲。唉，这样的外壳
都已成了文物。我在看电影《哥伦布传》，
由于瞌睡，醒来又瞌睡，两个半小时
一闪而过，最后只看清几帧黑白画面，也就是
以片尾字幕滚动的演职员名单。显然，
只好重播。灰蒙蒙的十五世纪，天空下，
三条帆船在哥伦布找金子的忽悠下
再次浮现。没有新世界，只有人类从未
到达的大洋，郁闷了九周的船员即将造反。
这时候就需要哥伦布再次忽悠了。
这时候陈星光来信，微信，问：
有没有兴趣写首诗，关于陈亮。我答可以。
没有不可以，狂人我喜欢，十二世纪的
陈亮始终悲愤着，在战后的平静里
从不平静。由于半壁江山覆亡，
整天只想约架，跟北方。因而
今日入宫，明日入狱。写诗是愉快的，
至少写陈亮，比去超市购物愉快。
也许只须连诵三遍"危楼还望，

叹此意"就行了。每次停电,
我喊上三遍,电,电,电。电力就恢复了,
然后爱人进入厨房,不一会儿,
她切着笋片,听着手机音乐,炽热的
蒸箱内米饭就冒泡了。也许是牛排饭。
只要我像爱人一样投入,只要我投入的
时间和但丁差不多,《神曲》也不成问题。
诗意的感觉就这样来了,它关于孤独
与灵魂的不安,在十二世纪的中国,
如果听不到哭泣与喊叫,你就没有活着。
当你情绪不稳时你会哭泣三周吗?
当你郁郁不欢时你会突然暴亡吗?
当然,它也关于一场晚春的暴雪,
发生于一个小镇——永康龙山。这让我
想到雪树下的鸡鹅,也许它们就是为
陈亮少年时代的身体提供禽蛋的后裔。
我想,如果汽油够用,明天就把去浙南的
高速公路点燃了,就像陈亮跑去赣东
鹅湖,只要想起了朋友,没有旅途漫长。
那里,一堆温馨的山丘间,除了陈亮,
还有一个大湖,在冬日里透明,涌动。
这有点儿像星光的友好之情。一个小时前,正是他
把我从十五世纪迅速拉进这令人冥想的十二世纪。

我的朋友雪
——给徐辉和郑德宏

昨夜,我的朋友雪落在丹东,
雪花大得像螺旋桨那样
在天空中咔嗒咔嗒旋转,
一小时就解决了
肮脏问题。要是再狠一点儿
都不用一小时。
这是送给徐辉的。
去年大年三十,也是如此,
我的朋友雪砸着湖南华容,
砸给郑德宏。德宏刚从
广东返乡,小女儿正盯着他
像盯着一张晨报,或者
一篇晨报中的散文,或者
一棵散文中的银杏树,因为喜悦。

负诗人

杰克·伦敦说大地无尽欢乐但也残暴不息。
我说，二加三等于胡萝卜。我只想
东拉西扯。在可能与不可能之间，
东拉西扯也是美好的。秋天，
我又看到了它们的出世，然后成虫，
拖着细腿交尾。
它们是杨树上的甲虫。
我又听到曾德旷的喊叫，
"我的母亲的两条腿不能下地了
我的母亲的两只手不能端碗了"
早些日子，在湖南煤炭坝一个废弃
矿区。他用打火机点燃身体，
并将此行为命名为负主义的光亮。
我和他见过一面，在北京宋庄，
醉酒中他哼着自创的民谣
——《拉萨谣》《北京的草》。
他的脸总给我一种一层铜皮紧密包裹
并辐射痛与恨的感觉。但是，也没
一个世界会因为他的痛与恨
而提高心跳频率，
这是 2021 年春天，旅行者号
漫游太空四十余年终于跑出了一百多个

天文单位,有人将视频放在网上。
看了视频,我有点儿悲观,连续一周慢跑三千米并倾听《斯卡布罗集市》。

穿行于大理石

我们见过康拜因
——给龚纯

雨点打在数字时代景观的高层住宅上。
在雨天，盯着马路上一辆
洒水车洒水是一种极大的乐趣。
进入三月的第四天，公园绿了，
流浪的黄鹂回来了，
雨也来了，在小而平凡但
不缺乏山丘存在感的县城。
雨，你会带来遥远的往事吗
在三十岁的时候我比你忧郁。
五十岁的我也比你更加不堪。
2023年，三个月不出门，
我把头发留长了，
站在大街上，
仿佛一台冬天的康拜因在北大荒。
如果我是康拜因，你将看到
我身体两侧分布的链接机件
车轮，齿轮，链条，皮带。
我的肚腹将隐藏三层动力，
磕打稻禾的拨轮，
筛选杂质的筛子，
传送粮食的提升筒。

我的前方是一片等待被杀死的
农作物和一只小兔子，是的，在我所住之处
它们无处可逃，被割台刀杆
拨动着翻滚在输送带上
瞬间消失在进料口。
山城重庆的诗人
周斌说，不事生产而奢谈
农耕时代是无聊的。
事实是，我谈的康拜因。
很明显，它庞大、飞扬。
你见过康拜因吗？
我见过康拜因，在公社大院
外墙上，一幅我遗忘已久的
宣传画。当我注目，我笑了，
那是踩到一角钱上的感觉。
我一生所听过的最好歌曲
《在希望的田野上》
也在那时传唱。而在江汉平原，
1976年，一个少年赤脚狂奔到
学校，把脚洗净，然后穿上
鞋子。冻伤的破口在冬天
流脓，但到春天暖和
就好了。少年的父亲
是拖拉机手，正在尝试制造
康拜因。一个师父和八个徒弟。

穿行于大理石

一个值得阅读的故事。如果
被制造出来,它将足以修饰
生存法则。作为永远的百分之八十,
命运的残酷一直存在于帕累托法则中。

早安孤独

——晨诗一首,给五木

事实上,也没有一条龙在等着你。
天亮了,一盒烟又空了。
烟和酒依然迷人。烟和酒
是这个世界最大的东西。
但烟和酒也累了,飘浮在
时代的黑色幽默中写几首诗,
这不是苦差事,但孤独。
挖煤才是努力工作,
但更加孤独。一滴雨从天上
掉落,不知是否孤独,
一种垂直而无智力的损耗。
事实是,如果一个女人衣着
暴露,身材妖娆,每天进出
酒店电梯,以古老的职业
为生,她的早晨是否孤独?
如果她不孤独,那也是她的。
所以,孤独是事实,
但不是事实的本质。孤独,
它现在也对我咧嘴笑着,
像一个窗洞。在通宵熬夜之后,
我伫立在公寓十层

穿行于大理石

——其实是十一层。窗台上
一朵梅花又被带到 2023 年，
这似乎是一个一如既往
美丽的早春，但我已经五十多岁
每天三百元，抽烟，失败，
虽然不那么气馁，也不至于死，
但焦虑，喋喋不休，拒绝看
心理医生。我的母亲也不看，
她有疑心病。2004 年春节，
我的父亲突然走了，也许是我
送医送坏了。每到过年家人齐聚，
就会有一个夜晚浪费在争吵上。
因为吵得凶，波澜大，
我把一只手掌拍得骨裂了。
试着想一想见不到你最亲的人
又会怎样。孤独与痛苦
每天都在，但在印象中，
我们通常都很快乐，这应该
让我感到快乐，是吧。
这一切似乎都反映了一个谜，
根植于可怕的无生活真相的人生
无意义参与的谜。在 2023 年
一个早晨醒来但又好像在
2004 年的谜。谜是无穷量的，
在一片颠倒的不规则的充斥宽恕

或悔悟的乱流中,一个谜
正用它的勺子拨弄着游过
一个个春天。大约还可持续
一千年。当我向楼下丢去
一枚目光,一辆黄色出租车
忽被射击,无聊地翻倒了。
这依然是一个古老、忧伤的困境
——我肯定不能在黎明时被噪声
骚扰。所以,每个清晨
我都在窗前射击大街上那些
早起并且跑动的东西,用目光。

穿行于大理石

母亲与儿子
——给詹明欧

吱呀一声,院门打开,母亲出门借钱去了,
借来了一百元。我听说过一个故事
—— 一颗年轻的心想上黄山,
但没有钱,大专刚毕业。
那一年,对着晨曦他许下了一个愿。
通常,愿望的实现源于信念,
或者神的一瞥,因而它发生了。
十二年后他挣了十多万,装满一只皮箱。
结果回家时把母亲吓坏了,
紧张地追问偷的捡的,并把皮箱
抱上床铺压上棉被。这是一个
近乎阿拉丁神灯的故事,儿子是
台州一名诗人,母亲是棉纺厂劳动模范。
当问清了钱的来路,惊恐后的母亲
笑了并从中抽取了两张,五十元面值,
说其他不要,我只要这些就够了。
一个得偿所愿的母亲,她的所愿
根本不是儿子所想。而他也再次
从母亲那里得到教益。多年以后,
他的所愿越来越少。他抬起
又轻轻放下一条条地平线。也许

有一颗经历欢乐的心就已经足够。
当然,就像在大海上经历飓风,
在一场震荡之后,他已经永远无法
忘记那个晨曦,院门打开时的吱呀一声。

出书记
——写给边角兄

2004年,我出了一部诗集,
我的爱人感觉好极了,兴奋得
像脚底踩上了一张百元币
为了看一看书架上有没有一本
叫谢君的人写的书,悄悄去了
一趟新华书店,结果失望而回。

她以为出书就等于全国发行
没想到全都存放家中。
为了弥补她的遗憾
我跑去新华书店
把五十本书放上了萧山作家专柜。

后来又去图书馆
也送了几本在那里。
最后的命运不得而知
也许从未被人借阅
就像腐殖质沉积在沼泽里
正和地方志书肥沃地挤压在一个秘境。

书店经理说书卖掉了,

你可以来结账。
有几个朋友说,
在书店买了我的书。
但是,又怎么好意思去结账?

我将书送了领导、文友、同学。
诸暨的表妹听说我出书,
跑来要了一本。从那以后
我的母亲走亲戚都要捎带
一捆书,并感觉很光彩。
事后不久,我会接到电话
他们读不懂,问我诗是什么。

送出去最多的一次在亲戚家
一个婚礼现场,我的母亲
带了几捆书,见人送一本。
显然,没有什么能比这种母爱
更加动人,因而如今
我的书傻兮兮留在家中已经不多。

想一想,也没什么不高兴
惠特曼去世的时候,
伟大的《草叶集》就堆在床底下。
史蒂文斯标价六美分,也没卖出几本书。

穿行于大理石

2006 年，我又出第二部诗集
堆在了妹妹的服装厂
我的诗歌开始流传在工人手中。
为了更多流向民间，
当年的科普宣传周上
我将书放上了
文教系统各部门的摊位
就像把彩票球扔进
一个等待筛选的漏斗
它希望迎来神的一瞥，
但也可能去往一个地狱。

2008 年，汶川大地震，
我上街贩卖，售得四五百元
书款进了现场的募捐箱。
剩下的一堆书，我妹妹妹夫
就送给前来洽谈生意的客户了。

事实上我的书一经出版就被遗忘了。
但是，我有一张不在乎的脸，
或者说有一颗南非矿山那样
随时准备射出钻石的脑袋。
2020 年，我又出了一本，名为
《光亮传》。这时候我的爱人有点儿怀疑了
—— 一天，我的岳父对她说，

你劝劝他，写不出诗就不写了。
话语出自心爱之人，苦涩但不刻薄。
我的爱人有点儿脾气了，但我还是感恩。
我的朋友周斌说，诗对亲人是一个负担。

现在，这负担就沉重、紧密地
垒在书房，九只纸箱，
这个数字由我孤独的才华创造。
在那上面我压上了路由器，
充电器，烧水时也会搁放电热壶。
每当红日西沉，余晖冲破窗户
我的手机寻找电源时，我就好像看到了
一座哥特式建筑，失落在我的城市。

穿行于大理石

惠安石雕

它分享吉祥与平安。在建筑诞生的时候
它就被种在它们的身上。也用于支撑
和平衡,作为构件堆置。有个说法,
这是一种神秘的镇邪形式,佛教
所说的息灾、增益。也许还有一些
不可知的孤独黏附于这噼里啪啦的
手艺中。无论如何,静止的重力
是一种陪伴,因而惠安想让石头知道,
没有什么幽灵是它不能驱除,
也没有什么事物是它不能变就
——兽与禽,亭与塔,甚至一个
石的海平面——巨浪裂开,船舶回家,
沙滩上披戴头巾与斗笠的女人突然
转身,将目光对准了同一片云水。
一种伟大的柔情被制造,凝固。
在经历锤击凿琢之后,它与众不同,
走到任何地方都可拥有获得长存的权利。

青海湖

没有人没有一段恋情,没有一段恋情与湖无关。
看到它的身影,你会想起某一时刻。
来自南方的游客正在和它合影
他们身着连帽衫,不受打扰地牵着手。
同样地,牦牛也在靠近,当青海
把它们哄进青草地,在摇曳的格桑花
和圆穗蓼中。小生命的数量之多
与红黄紫三色印证着它的泽被。
你永远无法将春天驱离高原。
而此刻,蓝色的天空
似乎比我更善于冥想:
这里是静泊在汉书中的西海,
当斑头雁成为天空的语言,
当一匹马饮水湖边,它似乎
又变成了一首令人联想的唐诗。
如果说,一个孩子最难忘的欢乐
是爬上一棵柿子树,那么现在,
我正为这存在而惊异——
就像一个邮递员或者维修工人
走进了一幢豪华住宅。显然,
我在倾听一个高原的心脏和春天:
由三千米海拔高度所给予的纯净

存在于它的血统中,而细胞中心的
每个球状细胞核都在储存和传递着
它的遗传物质——令人敬畏的辽阔与孤独。

第三辑

在时间 T=0 的时刻

> 在时间 T=0 的时刻也不是说没有时间。时间 T，那么令人抑郁，但也没有办法，它是我们自己创造的计量方式和一种长度。
> ——题记

一　噫

在某些情况下，一个声音可以充当一种看不见的
存在标签，就像我父亲发出的一声"噫"，
隐藏着他年轻时很多东西。那一年
秋天，暮色已临，江流中船只驶过，
河岸上高高的梧桐叶子不时被风带走几片，
当从大庄公社回家，途经白露塘，
一列火车擦身而过，他呆住了，停车并
噫了一声——车厢上喷有六个大字。
在我读书时，我遇到一首古诗，
大意是：
噫，我又去爬了一回山，
噫，宫阙总是崔巍的，
噫，奴隶制永远免费，
噫，在我手头有钱之前没有什么是确定的，
噫，我盯着月亮太久了，把悲伤弄得到处都是。

由于比我父亲多了好几个噫,
我就把它和作者的名字记住了。
在我婚后,
在叮叮咚咚的厨房中,
我也曾倾听噫声洒落,
当我悄然来到爱人身后,拍打一下她的屁股。
对我来说,只有这样的噫是世界一个美丽的梦。

二　郡上计簿使

不是搁在桌上的公文,不是地平线,没有任何
　确定性
最终停留在一个郡上计簿使的目光中,如果有,
也只能是无法推演与给定界限的虚空。
就这样走了,别无他物。
尘埃之外还有什么,我们无从知道。
一个庞大的帝国曾将他的人生塑形于
驿路中。当线路确定,不能改变,
雨与泥泞是不免的。即使黎明和梨花一样白,
傍晚和鹅掌一样红,家的名字也只能越来越空。
空,也不是秋风的长度所能测量。作为一个驿站,
在郡县与朝廷之间传递消息、转运官物,以及
居留远谪者,死亡在此每年发生——一夜之间
化为僵尸令人恐怖,但是孤独与死亡
不需要逻辑。事实上还有更多死亡在途中,

沉入冰河,遇见鬼魔。或从马上
摔了下来——有人因望见一堵城墙笑得
太厉害而身体倾斜了。不可避免地,
在一个村镇阁楼,她仍在观看月的圆周运动
或织女的织机与细线。我猜你想称之为爱。
我称之为抓狂。她只能越来越恍惚。她将因之
忧郁。忧郁也不是沉积在镜、钗、鞋与素琴上的
尘埃,它不存在一个可能的位置但总在轻轻跳跃。

三 火花

不可能跟着星系膨胀,红移,也没有可以依靠的
法则、常数和不变性能够让我们逃离,因而
只能制造一朵火花,在雪还没有
开始的时候。一种闪烁在窜起,从一个
静止的基点。它悬浮于院中并使树荫
酗醉了六十天。挥臂扬锤的人穿着
绯紫色衣服,血统给了他一顶笼子一样
带有弁与帻的冠帽和一身碧绸,但身体
告诉他它们有多无用。老实说,
生命的美丽在脱掉衣服后。因而
他所能做的就是锤击,注目火花的抬起,
然后给朋友写信,说只有火花值得
追踪。说白了,他需要让铁和孤独
反复分裂。当当的锤击声就这样

在持续,跑来感觉火花的朋友
因飞越竹林而被称为飞越竹林的天才。
最伟大的艺术是歇斯底里。如果
我把歇斯底里给了你我就什么都不是。
现在院外下雪了,一如既往的美丽,
并且免费。但常常,我们有这样的瞬间,
当为之沉醉时,突然间它就黑了,
再也无从查寻。事实上那是一个从那以后
永远不会再来的时刻。我可以证明,
人生是一部在地平线上逃离并被
抹除的历史。在某种程度上,一个世纪
也可视作一朵火花,红色的火苗窜起,陨落
并化为灰烬与烟雾,最终冷却在隐蔽的内心。

四 南渡

可以看到的坟墓已经够多了,如果去看的话。
有足够的宫廷和城楼可以焚烧,
也有足够的土丘可以掩埋。
请放心,这不是一句闲话和空话。
糟糕的是,还有足够的亡魂可以
纠缠不止,他们并未离去。
有时如此亲密,与过去的情节
仍然有着喜悦的定量关系。但又
令人惊惧,如果他们还在移动,

在月夜喃喃自语或进入一面清澈的铜镜。
镜，幻景也，一种让人魅惑的事物。
世界也是如此，突然之间国家倒了。
一顶背饰星象与卷云的华盖倒了，
华盖下端坐的身躯与簇拥的身影倒了。
有一种替换与循环叫历史。历史
就像一只足够强大的甲龙，如果它愿意，
只须昂头，弯曲爪子，轻轻一甩尾锤，
嗖的一声，一个世纪就扫走了。
大多数时候它干得很成功。
毋庸置疑，世界总是这样。
现在，江上有一艘船，携带三十口人，
去一个叫江南的地方。也许，
燃烧的城市，房子，太多的死亡和亡魂，
让他看到了平凡的生活也不是一件坏事。

五　在虞南的忧伤

一个人去爬山，也不一定需要搜到一个神，
或者一座庙。云雾是好的，但遇上
一场雨，行程的魔力就消失了。
一个人去爬山，在准备出行把木屐
抹得干干净净时这样想——凭着这双
木屐就足以让山峰发出一声惊叹，
结果遇见一个湖泊，正在努力摇晃，

一只木船就这样疯狂了,到了
鸟儿归巢在树影中,只好搁置木桨,
生火做饭。一个人去爬山,
在隐蔽的高处有一棵红树,红通常
是树的,红是一种惊醒或者说神秘,
但红的消逝很快,明年再来一次
也是转瞬即逝。曾经耀眼的晋
也已沉寂多时。一个人去爬山,
到了下山的时候,就弄丢了山的
安慰,只好自带空性似的站在
炎热中蒸发自己,然后缅想虞舜
也曾率众避祸于此。一个人
去爬山,飘浮了三百里也无法
将他所援引的关于山的事实
与其理解说在一座山体里,
也澄清不了这个世界是否可以穿越,
自信心就这样黑了。更糟糕的是,
即使有一坛酒也懒得给好友写信了,
即使写完信,下一秒也就没有意思了。

六　乌啼曲

只需要一场瘦骨嶙峋的秋雨,一条木船就很
乐意地在水上行走了。通过一次次划动,
一支木桨正将缺席的编年史——被驱逐者的

幽愤，掉在书信里的郁郁寡欢——写入
沉闷的波浪。千百年来如此，现在
也是如此。从建康到江陵，长江的格局
依旧是两千里的波澜，所以我很沮丧。
我被遗弃或忽视，所以我很安静。
打探世俗事务的消息，也只能徒增
无益的悲伤。长啸也无用，也没幽灵
跑来倾听。就像秋日的到来注定了
两岸紫红色的破碎与掉落，凡是
生命所宝贵的存在都在朝向一个
无奈的静止切换——女人的织机静了，
办公室人声静了，简牍与公章静了，
一个时代静了。当一只乌鸦从一棵
爬满伤疤的树上像从魔术师的帽子里
飞出，一声孤零的乌啼后，
五十岁的人生突然也静了。
纠缠不清的是哗啦声。就像一个复仇者，
孤独正通过融入波浪的尾迹与船只
同行。船舱内，一个身影在微黄的
灯火中升起，打开一瓶酒，然后
与无形的漂泊相对而坐。漂泊是一种
很不稳定的东西，它大多发生在人生
或者人类历史上一个很不稳定的时间。

穿行于大理石

七　长安

带着点儿京城地区特有的懒洋洋的形而上的洒脱，
一片初秋的落叶在客舍边悬浮，绕圈，似乎
可以充当南方一个翻书的旧时节。
一个黄昏就这样在下降时坠毁了。所以
很难想象，对于秋色的敏感指数
一颗客心不会徒劳地增长。很难说，
这不是一个引人入胜的世界。但一切
都是飘浮的。也许飘浮是二十种
让你感觉更好的方法之一。酒之所在
在客栈，莺之所在在垂柳。赠别唱和
在亭台。车马船在驿站。骑马的人
钻进了秦岭与祁连。一叶风帆
只管走江南，从洞庭挤入巫峡。
世界的正面与反面都很广大和凌乱，
但遥远与雨雪可以是朋友。
一个爬山的日子总归少不了，
终南山之所在就是幽隐之所在。
虽然，在每个梯度上并无仆人出现，
也找不到隐士，但在时间 $T=0$ 的时刻
所谓隐士就是那些把自己放在白雾中
斜靠茅屋和松树然后射往虚空的人。
就像是一个对称的必要条件，宫室之所在

是黯然之所在。在这个小时,在这竹席
变凉的夜晚,近在咫尺的宫墙与阙楼
正好适于放大一个人屡试不第的失意。
因而月亮之所在就是孤独之所在。
一个月亮空着,似乎为了对置并努力恢复
东方艺术中悲伤的故乡色彩而空着。
现在,是时候制作雪菜了,在南方。
也许它们已经洗净晾干,并混合剁碎的
辣椒、生姜和食盐,在捣实之后装入陶罐,
在坛口密封的幽暗中等待乳酸菌的发酵。

八 在地平线等于忧郁的时刻

地平线一如既往地多,忧郁是所有人的答案。
陈子昂已经倒下,苏味道和杜审言在摇晃。
没错,张若虚也准备好了出发。白杨树
气喘吁吁,白杨树的顶端如果不是
一把鱼叉潦草地张开着那就不是白杨树。
小船向西驶去,水那边的群山总归不是你的。
孟浩然,茫然总归比莺啼要长和深。
有只鹤鸟在数星星,赤颈,空虚,
但它的智商也数不上百。在云雾的
旋涡中一只鹤鸟眩晕了十年它是否
还能知道有一个数字叫一百零一。
在河对岸,有一个人在看晚云,

穿行于大理石

看了许久都没看清,但已眩晕。
王维就这样走了,剩下的云朵还有
无数。长安的春天暂不清楚留给谁。
在体验了一把从踩上一百元
到头顶一堆鸟屎的情感变化之后
李白跑了。而落日还是一如既往地多。
与其说一棵树对落日有什么感叹,
不如说落日对一棵树有更多感叹。
所以张继也黄昏了,然后沉沉睡去。
很多时候黄昏被认为是诗意的,
但也暗示了孤独、遗憾,甚至意味着
"我是一个傻瓜",所以杜甫总像
周六喝粥一样脸色无奈。也许我们
不得不承认,这是一个在路上的人,
能够让灵魂漫步的人,但债务和疾病
让人恐慌,乱兵的消息更加可怕,
在找不到合适物理位置的漂浮态中,
也就只好在漂浮态中永远停留。
如果说张志和变得懒散了,那大约是
因为他戴上了一顶宽边笠帽的缘故。
在浙东,一堆堆迷人的山丘间,
朱放和刘长卿围绕李季兰转了一圈
又一圈,但云雨忽然停了,他们的
亲密时刻也就消散了。显而易见,一切
都在逝,在撕裂,在沉默和幽冷的

转弯中。梧桐华丽的色素在寒流中剥落
并沦为一堆污垢。现在,
钱起在颤抖,抖了一冬,
也不是冻,而是钱起都不像钱起了。
大历十才子消失的趋势开始了。
司空曙最好的朋友只剩下一坛冬至酒。
戴叔伦和他的小船一样秋意浓重。
因为这里缺钱,那里缺钱,
李端准备回家了,在狂躁的情绪中
回到从前叹息的地方——这倒不是说
运气用完了,他一直就没什么运气。
无疑,把自己放错了地方是一个
又一个时代的感觉,但波浪总归
一如既往地多。波浪就是波浪的样子。
天空还是那本打开的书,巨大,无用。
秋雨还是通宵,并且清晰。最后一次,
韦应物爬了山。也许只有在山水中心跳
和兜兜转转十七分钟,哪怕只有七分钟,
那样的你才是你。但是,
也没一种寂寞能够衡量自己。事实上,
夜晚令人不安,甚至连灯光也不是一种舒适。
且将最后那片颤抖的枯叶留给卢纶和僧皎然。

九　猿类在头顶发出悲伤的声音

但是对风来说什么也不是。
风也不需要一个悲声来向它问好。
风所热衷的是替波浪制造明确的
精细分层并暗示其功能——
越是响亮，孤独就越靠近。
在波浪中三个月，除了波浪
什么也没发生，也不知过了几州。
只能以一种飘摇的方式
数着你和孩子像数星星。
我正在沉思夜空的无用
并去往隐晦的途中。
我们还会因钱而争吵吗？
暂时没有这个机会。
当扁舟向西，波浪越来越大，
过去的一切似乎变得亲密了。
波浪有些日子了，
波浪太火辣了，
波浪没完没了但不够永远。
永远是你，你的长发是公元九世纪
长江画中最经典的波浪。
所以这不是我想要的时刻。
我想要的时刻在未来。

多年之后，我回家，在那一天
等待我的就是我等待的——
我将与你的波浪在一起，
并回忆我在船上的秋天和波浪。

十　月夜

一个思念——窄，瘦，长，很实际，却没有
物理阴影也没有响度——追随着一千里的
月光到了洛阳但也不能推开一扇有一根
厚重门闩顶在背后的朱红色铜钉大门
只好无奈地从实体世界退隐了。
有些东西是天空的，不是世俗的。
秋夜安静，但也没有一个银圆值得一看。
秋夜曾经有过一个世界，一个拖着女人
肥腻服饰的庭院并可以让你随意翻阅
像翻查书房中的书目，但现在退出了。
生活是一件有可能失败的事情。
现在，属于秋夜的自主权的产物是飘忽，
那东西叫秋风。秋风又起，恍惚多年前
跑来催促一封书信的样子，但这次，
它的迅捷与紧密程度完全可以将你锁定在
一个山村死气沉沉的困境中，像树枝
被苔藓缠绕。这就是为什么在枫树的
影荫下，在桥边，有一只逃离洛阳

穿行于大理石

而来的小船滞留着。小船在睡觉,
睡觉是隐藏自己的最佳方式,所以
它只想不停地睡觉。令人惊奇的是
那个船上的人忽然从酒后醒了过来。
他醒了也只能感觉自己与世界的某种
不定式的关系。不定式就是人生。
就在这堵山脉的北面,月光下的
世界依然是战争,宫殿换了新的主人,
贵族的幞头和襕袍也与以往不同了。
秋天就这样越来越烂了,他想。
别胡说,秋夜说,我就是秋天。

十一 赠别

一只鸟在飞行,失去踪迹。没关系,飞行和着陆
都在江湖中,没什么区别。在一个极速的
现实中,飞行和降落都是梦。如果你没有梦,
夜雨会帮忙的。夜雨一场又一场。夜雨
十年了,这不可能不是一场梦。在黔南,
我的心聚集着凌乱,这就是灾难。
我很抱歉它不是完全空白。腿痛,手痛,
骨头冷,皆拜其所赐。床头堆放的
药瓶可以建座城楼了。一个朋友
来看我,他看到的我似乎就是城楼上
一声持续十三分四十秒的叹息。

在城门附近,我们欢饮畅怀在一家
招待客人的酒屋,酒慢慢读懂了我,
酒喜欢了我一次又一次。除了一碗酒
还有什么好东西能出于这个时代?所以
这是一个值得记住的瞬间,当耸峙的群山
为我醒了,看起来就像一千只高脚酒杯
为冲淡我的孤独而举了起来。现在,也许
我醉了。醉和醒就是梦。聚和散也是。
野猿的悲鸣在城墙外,一只小船
泊在荒凉江滩,一种友情也像缆绳
拖曳着。但很快,它们就会进入
山水并陷在毫无逻辑的流逝中。
有时候你会感觉流逝是一个无法
堵塞的二乘四十的大洞。即使
我的心可以分解为一百缕薄雾编织在
明亮的西风中我也不敢保证它能够
把它发送到遥远的故园的一棵梅花树下。

十二　江湖

接下来会有雨,一雨接着一雨。咚,
一滴雨竖直下落,细小,棱角分明,
以约零点零零五焦耳的动能打在船篷上。
船只泊在树下,看得到远山。
船说,我的愿望是回家,与县城

或者一株水稻待上一小时。
树说,你有永远的忧郁症不是吗?
水在等待,以义不容辞的
职责等待船只漂浮而去。
天渐渐黑了,水因等待
而产生了凌乱、痛苦的波纹。
这时,一滴雨打在船篷。
焦耳能量零点零零五。舱内探出
一颗脑袋,向外张望,抬头,
把一口炽热、渴望的叹息
注入孤寂的云层。这是
公元十二世纪的诗歌给我的印象。
说起来,那个世纪的诗人
没有一个我不知道。他们在江河中
悄悄爬行,有过无数糟糕的旅程。
实际上,也很美好,只要江水
够长,诗酒、拥抱和告别也就够用。

十三 一枝梅花

就那么一枝,世界就不同了(如果是发薪前
一晚,会显得更加与众不同)。一种被
狂乱充斥似乎可以覆没一切的色彩。
可以把它放在任何一个庭院,并且感觉很好。
但是短暂,不超过两周。当它在枝上醒来,

打开自己，柔软得像一块双面绒布，
继而飘坠，被风卷起成为螺旋的一部分，
在空中似乎因脱离了控制
而自由，无所顾忌。但是，只能
活这么久。尘土最终能够让它领悟
并无超现实主义形式的延时。
即使在最后一刻古怪地自旋，
旋转得最高，也不意味着那是一种
上升。两周之后，空空的庭院
依旧空空。就像很久以前，伙计，
电车嗡嗡驶来，在地下舞厅出口，
在那一刻你放开了舞伴，
然后大街空了，你扭着脖子，
几颗质量巨大的恒星伴你回家，
它们很安静，但也许，早已被
无限的广阔搞得眩晕，抑郁，快要崩溃了。

十四　曼德勃罗变换

有一年的雨在下落时不是圆点而是心形的，
因为有人在它里面留下了一滴眼泪，
而且很隐蔽。所以在南方的秋天
在孤独的坠落中它只能像一颗拉伸的
心脏击打在筒瓦铺盖的屋顶上
并发出清晰的破碎声。通常有人

穿行于大理石

会听着它,并意识到上一次
与它相遇是很久以前的事了。
别奇怪,我见过这样一滴雨,
一滴包裹一滴眼泪的雨。也许
这就是为什么在我三十岁以前
我相信路边的树都能说话。
乡村生活使许多事情的发生
都有与世界不同的规则。虽然
我无法提供其真实性的证据,
但也没有反驳的事实。老实说,
儒家思想有时是
一个理论而缺少事实的支撑。
历史总有一些与事实不符的说法,
但这不意味着不存在一滴包裹
一滴眼泪的雨。事实上,
有无数的人曾在旅途中携带着它
在很久以前的城楼下,停泊
不前的小船上以及可以用分形几何
描述的长江和群山中,因为洪水,
瘟疫与战乱。也许它还将继续发生,
如果说世界可以被视为一个
曼德勃罗变换,那么它总在其中迭代。
所以有一天,在一个混沌的旅夜,
当你点上一盏灯,我不怀疑它会
出现在你面前,那滴眼泪也会随之显现。

十五　书囊

一个书囊少年时就背上了,慢慢地成了一种癖好。
特别是当携带者因之机智并被誉为神童时。
事实表明,作为容器,它可以盛装灵感的
超自然空降。当一个人在山中骑着毛驴,
或在木船上静听寺庙钟声,或茫然徒步
在雨中直到鞋底有了一个洞,灵感发生,
于是他们便将之丢入书囊。这为行走
增添了不少传奇。但随着时间推移,
失意与孤独也在囤积——他很可能
是一个三百年来忧与愁的囤积狂并可以
每天读书一寸厚——事实是,
轻巧结实、竹篾制作的书囊现在已与
携带者混为一体。虽然这不是什么
惊人的事,但他的双目变异有神了,
他的喜怒哀乐已与之相连。因而
可以预判,命运也将与之相关。
公元十五世纪,一个悲剧因之而生,
并被称为瓜蔓抄——有人把命丢了,
并捎上了子女妻弟,前后几代亲属。
一个故乡也被包围,出空,
路无人烟——研究表明,瓜蔓抄
没有明确界限,可以随机发挥,

只要确认有过交往、说过一句话,
都可转相攀染。瓜蔓抄的发生绝非
偶然。瓜蔓抄恐怖吗?恐怖也能
赋予灵感。在死亡前,他超然地留下了
一首诗。也许他将等待这一天——
在所有看到他死去的人都死了之后,
他又活了。他被称为读书种子,最后一颗。

十六　渔翁

有没有一个闻起来很臭的人与你坐在一张餐桌上
而且那是你的父亲。一天早上我醒来
发现我是一个熵,正散发某种气味。
但很快确定它出于我父亲。我用鼻子知道
他下湖回来了。我不知道为什么
他做什么都那么可怕。我想
他要是在十六世纪就好了,
在那个世纪,渔夫们身体洁净,
而且可能是梅花冥想专家
或一个陶罐敲击者。但我家的音乐
是水壶蒸汽的哨子声。我家名下
有几亩田,一个湖泊,用于养鱼。
一个初雪夜,我的父亲拖着渔具回来,
随着移动,泥巴窸窸窣窣掉落。
马上就是他的一声吼叫,我知道。

只好等待母亲和她的吸尘器噪声了。
然后我想他要在十六世纪就好了。
我想到十六世纪就跟我想到春天一样。
我感觉最美丽的一刻是,
当你抬起头,看到十六世纪到来,
一个渔夫睡在树荫里像固定装置一样
平坦和静止。即使县长经过也依然
平坦和静止。他们的船只也是如此,
在青烟隐约中等待一声鸟鸣,然后
去往波浪里就像在镜像世界的通道中
进入光。他们从来没有苦情。
如果他们求神说话,神就说话了。
但我的父亲没有神,他是二十世纪的渔翁。
他在远离光,每次从县城归来,都能听他
喊叫骨头疼。每年需要与风湿病科医生
会面,还做心电图。在显示器上我可以
看到他泵送的曲线。他已经到了他的晚年。

十七　撑花

伞啊少不了的,在十七世纪,在地处偏僻的
嵊西平原,去杨雪婷家总是碰上雨天。
寂寞的"拖拖拖"的声音在油布伞上转圈。
雨在寻找什么无人知道。
但没有一场雨不提醒我把伞撑开。

穿行于大理石

桐油和竹子混合的芳香随之而来。
转眼间,可能不需十分钟,八把九把,
数十上百把已经散布前后,纵横有序。
这是一个孤独的平原,即使在
我的父亲酩酊大醉时,当他坐在
那张厚重的餐桌前说,这里
是一个天堂,是我生命中最美好的。
但在那个早晨,他必将
死于仇家伏击行刺。除非有人
杀了你,否则你什么都不是,
在弥留之际,他说。令人困惑的是,
尽管如此——由于某种悲伤的
梯度压力而使我的情绪始终存在
矛盾冲突——但它仍有诸多美丽。
这就是为什么我这样想,伞啊
少不了的。在这个地方,如果
你不尊重雨,那么也不会尊重彩虹。
哦,早在一千多年前我就开始放荡,
那时十六岁。现在我已苍老,也已
不再恐惧。就像一只橡树叶蝴蝶,
当它的外观形态接近于一片枯叶
——翅膀区域长出叶脉图案并带上
苔藓类斑块时,我知道它可以不再恐惧了。

十八　潮汐

逝去的船，地平线，幽灵。终点终将到达，
但我不知。这并不是说你可以成为江湖，
你只不过是置身于江湖的人，随一条小船
到来而出现，又随它的离去而遥不可及。
遥远是一种很烂的感觉，即使它可以找到
一座大城和北岸的宝塔。遥远已经很久，
因而我挖了一个洞，在房子后面种上了
一棵树。孤独与夜晚未必具有关联
或推导的关系，但无可否认当灯熄灭时
它已潜伏到我的阁楼。熄灯！这是
我的家。我不需要黑暗中的光。
我甚至害怕黑暗中的光。一切都成了
可疑的情况。不用说春天，不用说
梅和缎被，光有缎被是不够的。
我也不看这座城市。在正常情况下
隐藏是我最大的快乐。所以
我一觉醒来就种树的日子越来越多。
我种树是为了忘记那些我需要种上
一棵树才能忘记的名字，或者说
那些随月亮的形态而变化的烦恼。
我希望听到一个消息，能够改变
你生活的好消息。对我来说，那些

曾在波涛中坐在一起,在凌晨一点
让我喝得烂醉的人是我最好的朋友。
我听到了一些消息,但都不是你的。
也许这正是你的与众不同。但这依然是
一个悲伤的故事。即使我种了一片树,
从那以后这个世界最好的秋天是我的秋天。

十九 系统

有人说,打开船窗,并且打开到足以让
某个现在时进来。但是船只说不。
于是在某个时刻一颗心就这样熄灭了。
我们最可怕的感觉都和船只有关。
我们所渴望的敞开正是他们恐惧的。
当导航灯对准夜色中的码头,
它靠岸了,该回家的人也就下线了。
平原很大,小镇深远得好像有个
很酷的人在那里居住、徘徊。
事实上,他的远见也没我们
想象得那么远。他很忙,需要种植
二十亩土地。只有忙,才能活,
这是法则。在一个女人最大的
兴奋是挂上一块丝绸惊艳四邻的
地方穷的感觉也很明显,大约可以
用二十七种以上不同的方式讲述。

所以回到虞南,也不是什么令人
兴奋的事——即使基于
微风细雨和本土亲属关系网络,
一个穷人与另一个穷人之间
也很难存在美妙的渗透作用。
在一个深夜撒个尿需要走出后门
足足五十步远寻找露天茅坑的
现实中,工业革命
还遥遥无期:其概率的大小,
约等于一阵风把一些零件吹到
天上之后,风吹着零件,然后在空中
组装出一辆可以快速行驶的小汽车。

二十　忧郁的昨天

忧郁的昨天和一棵树成了朋友,又和
一滴雨成了朋友。雨在江上。
雨像巨大的桐油布铺垫小镇。
雨中有一条船带走了我。
另一条泊着。
锚在水下。锚是一种重力,
重力让它扎根于江南。
然后,青草长高了。
雨出来了。在战争和悲伤中踏旧了
两辆自行车丢了十一把雨伞之后

雨还在江上。
我想给一滴雨写一封信。
我只能给一滴雨写一沓信。
希望邮递员找到它并把我的信
交在它的手中。雨中，
流浪的黄鹂回来了。我的母亲，
一条细长的鱼贴在船底。我的父亲
在地平线上试飞，穿越，穿越宁绍平原。

二十一　勒尼里斯

无论你喜欢还是不喜欢，它是勒尼里斯，
不管秋天以什么方式表达自己，一滴
雨滴以何种前提拉伸自己，它是勒尼里斯，
管那宇宙是否在膨胀的模型中飘移，历史
是否以一个计算忧郁量的方程式的方式
存在于决定论中，它是勒尼里斯，
哪怕你是钛合金，是一部宏大叙事的
第二十一页，它是勒尼里斯。勒尼里斯
通常离我很近，很好，在我凝视夜空
并慢慢说出所有星座名字时，勒尼里斯
拦过我一次，追着说让我们去找座寺院

注：勒尼里斯，意为"孤独"，即英文单词 loneliness
　　的译音。

搬来经书用以制作我们的餐桌，
勒尼里斯走下公寓的五十二级台阶，
和我一起，在我的早晨。那么勒尼里斯
是什么，不需要解释，勒尼里斯就是
勒尼里斯：当一切不再，当从那一天起
已经发生了很多事情，当天空是空的
即使展现条纹状与瀑布状的金色燃烧
也空，当一只鸟对于天空的深度激情
消失甚至余波也荡然无存之后待在窗外
让我觉得抑郁症离它也没那么远，
当一个养猪场在城南立交桥下散发它那
复杂的气味，当我盯着窗户感觉它比我
还要无聊，当无聊是一个有趣的单词，
可以把它放在任何时代的开始、中间
和末尾并且感觉甚佳，
当微风也无以
弥补春天，当我的春天不是一个笑话
却成了一个笑话，嗯，关于春天，我就
不说了，无论我说什么都会伤透它的心，
当我试图与我的城市建立合理关系然后
发现它需要心理治疗但它却拉我去治疗
而我只好抓起一台充电宝，当我提着
充电宝然后感觉自己也是充电宝正携带
三万毫安的焦虑等待输出，当我在
就医路上经过一个防空洞口，忽然想起
你的深情然后对着敞开的大洞丢去一声喊叫。

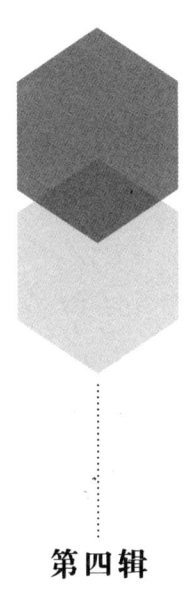

第四辑

杭州

我和我的爱人
在电梯里
自从很多年前
电梯到达
金属门开启
我走了进去
遇见我的爱人
电梯就一直在上升
我和爱人
也一直在上升
我不会说出秘密的
事实上,这是电梯的秘密。

穿行于大理石

地平线是你

雨无法记住下雨的一天。
雨下在秋天也不意味着它有
自己的幻想需要在秋天等待。
如果说上帝造雨的原因
是没有原因那么永远是
没有原因。雨中坐大巴的人
是大巴无法记住的。
车上下来了一对男女
走得很近在湿漉漉的小镇上
不止一次两把雨伞碰在一起。
就像我们有过的一天。
为了证实这一点，
只需要有下雨的一天就可以了
——雨中的地平线永远是你。

这是一桩一如既往美丽的事情

这是一桩一如既往美丽的事
——你来了。
因为梅花开了,
梅的光芒可以带任何人去往任何地方。
因为一个宇航员安全飘落,
随返回舱扎入大气层
火光熊熊之后飞出黑障区。
因为这是必要的事实,一朵云的飘移。
一朵云与另一朵有关系的时候
一朵也不知道另一朵有过多少关系,
无论多少关系,在尘世也不过
偶然的关系。也许这就是必然
——关系不重要,做更重要,
当有人说你疯了,不要听。
所以我想你应该来了。
在五分钟左右的时间里
我感觉孤独。几天前,
也是孤独让我想起你。
我突然想起一个夏天,
当公司总部紧张地寻找失踪的你,
我的电话联系上了你,
你已步行回家,

穿行于大理石

夜班后,走出货架过道,
回公寓在电梯中上升,
对于商场大火一无所知。
这就是我的电话想要的以及我想要的。
所以我想你应该来了。
我有一个想法,
把你像鱼一样翻转,
把你装进一只篮子,
把你添加到一个顶点,
把你告诉我的朋友,
看到你的衬衫纽扣,我就被它的美
点燃并扔进一种奇怪意识中
就像扔进一款游戏里。
我刚从网上下载一款游戏,
我完全上瘾了,
我认识的人都在玩,
当春天的河流因为抒情而混乱的时候,
如果你是愁容满面的鹳鸟,
如果你是一个与命运抗争
并被踢出局外的人,
我建议你也能下载。
博尔赫斯说,天堂是图书馆的样子。
说得对也不全对,互联网才是。
请允许我在此为
电子游戏工作室打个广告。

所以我想你应该来了。
我在看西部片,
等待一场枪战
和鲜血像番茄酱一样涌现。
也在寻找一个等式,
你的身体等于春天的全部光亮。
事实上,
有个人在我身边也够了。
有个人抓着我的手就够了。
我的手在方向盘上压了一天。
从某种意义上说,这又是
单调乏味的一天,一大早
在车满为患的城区驱车东行,
我应该南行,但事故
堵了车道,只好返回,绕行,
这是糟糕的选择但仍然是最佳选择。
所以我想你应该来了。
地平线的任务永远是后退,后退。
我点上一支烟永远是烦和累。
我几乎不可能不在大脑浸透
烟雾和烦乱的情况下度过一天。
窗外的噪声也令人不快。
在每天两万车次的流量中
我想市心南路该累了。
在每天八百架飞机的起降中

穿行于大理石

我想萧山机场该累了。
事实上,在我累了之后,
航空公司也累了,过去几年中我所
乘坐的航空公司已有两家不复存在。
累是正常的,但不能累倒。
昨天,有家银行累倒了,
倒霉的事跟着发生在储户身上。
如果你有钱,
我建议你藏去金字塔,
为什么是金字塔,我也说不清。
我只感觉,上帝欠这个世界
一些美好的东西,也欠我一个你。
所以我想你应该来了。
所以这是一个狂乱的,足以与
《芬尼根的守灵夜》中的任何篇段
相媲美的时刻,喝着橙汁,你在阳台
用脚背钩动椅子以获得长腿的伸展
和放松,当我点燃一支烟的时候,
你也在冒烟,如果你愿意,你还可以喷火。

鬼步舞

我记得所爱的人消失时的感觉。
确切地说,她凌空了,
在系好鞋带之后,
旋转脚尖以飘逸的侧滑
转向门口,驰往外太空。
这听起来有点儿不可思议,
但我不想不可思议。
事实是,她一直在筹建
一个空间站,用以探险。
在收集储存我的气体时,
打开的嘴巴就像一只
负压储氧罐。由于
父母在家,弟妹在房间,
我们没有自己的空间,
我只能在小方桌前俯身,
向她输送气体,
我记得很清楚,
我甚至都不可以说,
我从没碰过所爱的人的身体。

一个人在杭州生活

在波浪上种一棵树。
就像波浪对树说
你是我的理想。
一个人在地铁上查阅
手机钱包,但从神情看
是钱包在查阅我。
大街上已经没有
什么可以读到秋天了。
路灯亮起,一个人
停在一根乌黑的灯柱下
等待自己忘掉杭州,然后回家。

秋季四边形，题赠大卫、五木、横

繁星在我面前，就像地摊文学一样多。
顺着北斗七星的勺口往上，
是北极星和仙后座。
左侧，织女、牛郎与天津四构成三角。
右侧，孤独的五车二，
它的后方，猎户座正从地平线蹦蹦跳跳出来。
背后，两颗亮星，北落师门以及土司空。
还有一个正方形在中天，
壁宿一、二和室宿一、二，
在巨大、寒冷、混乱的环境中
它们的组合显得特别稳固、闪亮。
好的友谊没有距离，至少距离可以稳固。
深夜，涌出地铁终点站，离开
大街，星空找到了我。星空的感觉
也许是，我们只不过是转瞬即逝的傻瓜。

穿行于大理石

灯笼树

一个人去爬山，遇见一缕微风。它又复活了
也许第一千一百四十二次，但也不必拥有。
路边，淡紫、下垂的灯笼树花苞让我
想起了我的祖父在他所处的世纪
用来记录岁月的那支狼毫笔头。
当彻底打开之后，它们就成了
燃烧于山中的小灯笼，并且热情得
好像是地球上最后的灯笼。
这证明了即使生活在孤独中
也仍然可以保持美好。词源学说明，
灯笼树的细胞能够储存和转化红土中
难以利用的磷和氢。这些家伙真是
太聪明了。站在树下——现在，我很无聊。

一个人去爬山找一个安静的地方

与此同时,给灯写一封信。我想写一封信
并不奇怪,孤独时能够给一盏灯写封信
也不愚蠢。快到山顶时,一片电线
在眼前展现,混乱,交错,重叠,
在镇北的矿区。我曾经采过一段时间矿石,
在我头发很长有点儿流气时。也不是开采,
是临时记账。在那里,一根根电线
消失又窜出,在地上和地下,混乱的走向
没人搞得清楚。就像我从没
搞清楚,为什么我想起你时
总会有个男人的声音,他说,我要斩了你
斩了你斩了你。我听得很明白,
我不想听到斩斩斩,尤其是你被斩。
我无法承受在夏天酷热的膨胀与斩斩斩声
之间联觉的痛苦。我只想在山中缓缓上升
不管头顶停着的是积云,还是层云。
我的自我感觉最好是一朵云。所以
当我凝视时,我承认,我不在乎电线的混乱,
甚至感觉这些家伙太棒了,就像一群
即将狂躁发作而崩溃的精神病患者,
也像一伙擅长表演的魔术师。我曾在镇上
见过街头表演,一个艺人忽从耳中

穿行于大理石

拉出一枝玫瑰,又将他的女人身躯切离,
然后让她从桌子底下钻了出来。这些电线
也是这样,由于冗长与负载,以及风力
破坏,烂了,松弛了,掉了下来,但是,
很快又会恢复得很好,然后在空中嗡嗡鸣叫。
我凝视着,当我凝视时我也不能完全定义
这个世界。我也不能证明,
说我曾经有一个美丽的南方但是遗失了。
我只想说它们纠集在一起很棒,恐怕上帝
也不能把它们从电力公司强加的过载中
解脱出来。它们已经适应了,也就无所谓
给一盏灯写封信。也许,这将是这
整个系统的命运——有一天,我驱车
驶向县城,就在我回来时,矿区六百千伏的
变压器突然爆炸了,一只赤腹松鼠好奇地钻了
　进去。

孤独是一个句号

我的朋友周赋说，句号适合于那些沉默
和孤独的人。为此我想写首诗，
关于句号，但不手写，
也不打印。激光打字机不再是
贵重和稀有之物。如果你在
书房抽一支烟，请不要用熄灭伤害它。
我的爱人在看《乡愁》，
意大利电影。她最富磁力的时刻
在多年前，搬进公寓那天，十二个
黑色垃圾袋跟着她走出家门。
自从火车头从燃煤转为电能，
她的嘴巴慢慢走向了圆锥的形状，
也就是鸵鸟形，看到罗马人
泡在温泉里不知又是什么形状。
因而句号适合于此刻，适合于
假日的车流。窗外，几公里长的汽车
堵在机场路上，一个出行的女人
攀着栏杆把臀部搠往天空闪了一下。
这个世界就只剩下交通堵塞了
如果你感觉堵塞请把堵塞快递到
银河系一颗叫 CX330 的年轻星球。
如果你在抽一支烟，请不要用

穿行于大理石

熄灭伤害它。无聊中，我在填写
调查问卷，关于在困境中重生的
能力评估，完毕之后，它就消失在
虚拟世界了。但我又参加一个
网络测试，生死攸关。我得到了
死亡日期，周三，2022 年 5 月 18 日。
显然，句号适合于我和时代。
这给我一种感觉，在撞上墙之前
几秒钟的感觉。或者说一辆自行车
遭遇水泥罐车。或者说一个抗议者立在
一台高大、黄色的挖掘机前，显然，他即将
在摇臂大幅度的旋转中扑通一声被铲斗击倒。

我种了一只鸟

我在窗外种了一只鸟。
不要问我怎么种上的
我从不缺乏这种能力
——或者说我怎么会在乎
你是否相信我具有这种能力。
你是否能够想象
美好的东西都在窗外
如果是,那么我已经种上了
一只鸟。既然是我种上的
那么我就认识它
并且可以告诉你
对于楼下的一切它了如指掌
有一天地上有血了
有一天汽车碰撞了
有一天一个做防盗窗的
弯断了一根肋骨。
他整天在弯钢筋
自己也随钢筋一起弯曲。
它也知道一个女邻居
把自己玩砸了。甚至
在遥远的地方有人丢出一颗
高超音速导弹让地球上多出

穿行于大理石

一个大火球。当存在的荒谬
与高度和速度成正比,凡是空气
能够传递的信息我的鸟无不知晓。

打火机

世界庸俗，我跟着，这就是我的晨曦。
一对夫妇在散步，挺着的下巴尖上
挂着一个令人乏味的美好肥皂泡。
一群民工在南门江上修一座桥，
忙里偷闲——这对他们来说很快乐。
马路边的停车位区域，
一辆汽车正被从底部慢慢顶起。
即使到了夏天，我仍没找到
一种方法让自己成为千斤顶，
也没成为低空中一股急速旋转的
气流在穿越浙东之后去遥远的
洋面上驾驭一条彩色的风帆船。
我期待急速的气流。
闷热，就像我祖母的旧棉被一样
笼盖着城市。一辆小型卡车旁
有个女人在通话应答：
是，是的，等我一下。
在把人体模特装进后备箱后
她匆匆跑掉了。这时候出现了
一名清洁女工，黄色背心的她
有点儿忧郁。
随之而来的是一幅旋转图景，

穿行于大理石

她不在左，就在右
不在我前面，就在我后面。
麻烦的感觉就像遇见了一颗
土星。于是晃了晃身我消失了。
再现时，已在一家早餐店。
我打着一束火，把感觉放在火花里。
自从看了《樱桃的滋味》，
巴迪躺在树下土坑内注视
夜空那一幕，每次按亮打火机时，
我都会突然感觉手中的打火机特别忧郁。

孤独研究

在杭州,我无法使用在杭州。希望,
也不是我能使用的东西。只有大雨
可以静听。当它坠落,从高空
在两瓣圆耳、空置已久的泡菜缸上
跳了起来,并在空中展为一个
圆形——这就是我的孤独,
一个无法导通的二极管,
一个断电三周以上的冰柜,
一艘滞留海上载重万吨的货物,
一部时长一小时四十五分的中英文
字幕始终无法同步的电影。
一个充满记忆值但又因记忆值
无法定义而价值缺损的阻抗。
它寂静,郁闷,不是一只
可以从我自我渴望的中心
嗖地一下蹦射而出的鸟。但
无疑是一款坚不可摧的飞行器,
可以带我快速闪回公元五世纪,
沉淀在那里的黑暗中并被
黑暗一百万倍。它也是一个总和,
差不多等于那些为寻找
体温计和退烧药而突然烦躁

以及因失业而焦虑不安但
依然双手举着
空气的人群的总和。好吧,
关于孤独,我的朋友我只能告诉你
这些。现在下楼,去药店,像弹力
爆表的罗拉那样射往雨中的大街,
并顺便在地下室菜鸟柜里取回快件。

恍惚

一团视性恍惚像一只气球朝着无限的方向上扬
直到比我的冥想还远。秋天,我的爱人
在窗口旋转,输送鸟语,对着
机场高速公路车流——恕我无能,
忘了给蒸箱水壶加水,
但也可能因疾病而来的不适感
在她体内潜行。数十圈后,
她终于不屑地向车流
挥了挥手。你明白她的意思吗?
楼下,又一辆汽车轧上铸铁井盖,
咣当咣当跳了起来。
哪里有噪声,哪里是世界
如果说有一只蟑螂爬来告诉我,
我所在的这幢大厦
即将发生一起严重的公寓火灾
我也不会比这更加烦躁。
事实上有人正在考虑拆毁大街。
晚餐过后,沙发对面
屏幕上波光粼粼,一个男人在桥下
指认杀人现场,对着镜头
讲述另一个夏天,很平静
也很可怜。我出生以后

穿行于大理石

电视跟着出生了,然后喇叭裤
然后紧绷大腿的牛仔裤。
它们早晚都会出生
它们是我喜欢但也讨厌的东西。
把电视留给那个可恨的犯人
他很快会被带走
像吸尘器吸走的一个斑点。
也可能他早已被处死。
无论如何,一个多余的影子。
秋天,世界愈加虚拟。人类
仍然无望。人类中的二分之一
还在爬行,属于负电荷。
人类中一个叫
维米尔的荷兰画家等了二百年
才卖出自己的一幅画作。人类中
一个阿富汗男子在喀布尔大喊,
让我离开,把我弄出去。喀布尔
机场突然爆炸,超一百人丧生
爆炸新闻使我缓缓转了下头。
我的爱人也在旋转,顺时针
然后逆时针。她告诉我,
水龙头坏了,卫生间在嘶嘶吼叫。
即使有条龙在吼叫我也不会
因之不安,另一间暂可使用。
我正和邻居语音,他每天写诗

一二首,又信笔挥字一千个
最近两周挥洒了二十首诗两万字
而我还没有完成一次疫苗接种。
我懒得下公寓,它有十层高度,
事实上是十一层。事实上
我不太信任化学物质。我信任
一分钟的孤独。把这一分钟的
孤独送到过去,埋头看手机,
我的邻居是南昌杨瑾,在微信上
他使我产生了一个思想,
把书法作为未来五年的爱好。
通常,隐形三五天之后,
我会在微信群——他的无限制
忽然鸟语一百分钟,
冲着一百多人。如果说现在,
我养成了喋喋不休的坏习惯
也不足为奇。我想做次饭都失败了。
我去洗个澡却注意到
肉像水袋一样鼓突。
由于除了荒谬,也没什么可看
通常,洗澡时我会检查一下身体。
看来我的世界真的旧了,
旧世界有助于养家禽,在地平线上
安顿下来。我想养家禽
但又不在地平线上。无论如何

穿行于大理石

我必须做点儿什么,退休都超五年了。
也许,可以去提一提那对哑铃
用十二磅的重力平衡我的恍惚。
或者,冥想一滴雨。但问题是
一滴雨真的那么重要?一滴雨
也不一定就是雨,一滴雨只不过
多年前在地平线上为你站了五六分钟
或者十来分钟,它值得用记忆去寻找吗?

发光氨

十七是一个年轻的数字,可以曙光包装。
如果爱是十七,那么永远是十七。
十七就这样慢慢成熟了。
但是,无聊是她最好的神情,
她的脸庞表明,这是我们所能
看到的她的唯一神情,当她
走在服装厂,走在街边泡桐树下,
或者靠在出租屋床头板上。
一个重庆女孩儿,
长得像重庆的细竹一样。
她坐汽车出来,随同父亲跑来南方
她长得很好并且越来越时尚。
我们希望她一切都好,
但她失踪了,在阳光明媚的一天
爬上一片洋姜繁茂的土丘。
感觉痛苦和遭受痛苦是不一样的。
在五金厂,她的父亲正给槽刀
喂料,制造尘埃。他不换电话
也不离开浙东,一次又一次被遐想
所折磨,如果女儿突然回来
找不到他怎么办?他只想把她
带回四川,但是那年夏天洋姜茂盛

前所未有。激增的洋姜花
看不到嫌疑的足印、少女微量的血、
侦查现场走来走去的警员以及
褐色的发光氨。据说,如果与渗入
土壤中的血红素反应,发光氨将释放一缕
幽蓝的微光,这种幽蓝将在某种程度上显示
　真相。

远处的高山上龙在等着一个废人

我想跟随一个斗笠遮面的废人三分钟。
大街上，建筑物在上升。
关于杭州的故事最好由摩天大楼来书写。
楼下一辆西瓜车到来，观察，发现，
领悟，彷徨，经过多次反复，
最终静止于一根灯柱下。
路灯使夜晚工作成为可能。
路灯成了一个圆心。
一个黑色男人环绕着。显然，
他不废，也不开悟，皱巴巴的
夹克略显邋遢，但并不肮脏。
他种西瓜，摘西瓜，装车，
出现在大街上，然后又消失，
如此而已。现在，杭州城到处是
这样的西瓜摊。我从一所
复式公寓出来，下电梯，步行，
双手插在口袋里，我经过了他。
不用说，除非我转过身来，否则
他就等于不存在。事实上，
我需要寻找的是一个戴着斗笠的废人。
无论走到哪里，我都需要离开世界三分钟。

穿行于大理石

我的秋天等于一公斤焦虑

我又重读了一回《百年孤独》，
我一年看一回《百年孤独》，
主要是冲着那个书名看的，
它给我的感觉就像客房服务
托盘上的两碟水果，
一碟百年，
一碟孤独。
我又点上一支烟并突然
焦虑了，因为窗外的一幢楼宇
为了填补我的空虚而在昨晚雨夜里
扛上了一块广告牌，
牌上写着：在杭州，
养育孩子就像在
顶针上种植一棵橡树。
为什么是橡树？
我不得不不停地无聊地打出沉思，
直到我的爱人下电梯买菜回来。
她顺带购了一张彩票，
如果一个女人有一种魔术将二元
变为百万，那么她被刀子包围
恐怕也很难避免。如果一把刀子
从衬衫纽扣间穿入那么再想将它
取下来是痛苦的，需要在肋骨间进行挖掘。

一个人去爬山有一种逍遥世外的感觉

在路上，我试图大喊，朝天空，并且很突然。
如果在中国南方航空的航班上
身后的那个人就惊恐了，即使他正
透过圆形小窗专注于地球边缘。
当然，最好的逍遥法外
是去到一个很远的地方
拉扯一下远处的地平线。我想
一个人至少应该有那么一次
在一片颠倒的离奇的但具有
惊叹价值的乱流中以孤独的
小桨划过一个个怪诞的时间点
驶向地平线。2016年，
在云南，当我在空旷中丢失时，
我撞见了它。它正以完全平坦
与通风的方式一言不发，
举着一轮落日，或者说一轮
飞走又回来的落日。
那一刻停车靠边，趴在方向盘上
我感觉我是如此侥幸，逍遥世外。

云

有一朵云,在我母亲的头顶,是诸暨的
有一朵云,在我父亲的头顶,是萧山的
我祖父祖母头顶的云
是绍兴的
它们种在他们的头顶发芽
它们像藤蔓
缠绕在他们的脊柱
它们开花了
开在他们的皮肤和神经末梢上
开得凌乱,蓬松,噼里啪啦
它们堆积孤独
变成一座
五十二层的摩天大楼
它们静止下来
就像红棕色柳杉的羽叶
就像波纹和万水千山的
卷轴,在一艘孤舟的移动中。

给亡父的遗照

吾父已亡,站在两棵松树之间,站在
年月之数和日历上的最终一页。
吾父已亡,站在大理石内部,
站在永不萎靡之中,
疲惫已逝,痛苦已逝。
他的袖子再也不须卷起了
他的领带再也不用松开了。
吾父已亡,还在观看星象,
并在说话时摆出手势。
吾父已亡,依旧捧着昼雨
似在后院采摘他的西红柿。
即使相隔那么多年,我还能听到
他响亮喊出的名字,一个与我
紧密相连的名字,在后门廊,
当他低头翻阅《钱江晚报》。
吾父已亡,一副老花眼镜
再也不会顺着鼻梁悄然滑落。
吾父已亡,呜咽也属枉然,
我在归家,一路飞奔,飞奔到墓碑前。
深埋黄土他没有悲伤,站在那里,
只有孤单的大理石第一天就显得悲伤了。

穿行于大理石

楼梯

故事很早就发生了。在春天的京沪高速公路
中段,玉兰树下,有一栋新盖的简易公房。
三层,十多个房间,住着筑路工人。
一个工程师,就在顶层。如果踏上楼梯,
木板就会发出织机踏板那样的吱吱声。
一个女人在爬楼梯并将潮湿的长发
撩向空中。他们要分开了。
暂时的,他说。很肯定。对于不确定,
一个满口永恒的男人总是表现得很肯定。
那个迟钝愚蠢的女人因此成了
我的母亲。他们的关系不便公开,
有一种行为不端的属性。越堕落
越快乐,所以悲剧不死并且形态丰富。
不言而喻,那栋房子很快废弃并不见了,
他们的关系也就无疾而终。她只能诅咒
消失的房子,特别是楼梯,只要楼梯声
响起,过去的声音就在一个女人的心里
吱吱作响。所以我必须非常小心
我所说的世界,在这个人口密集、
收入微薄遵守传统教义的
北方城镇,在一个活在黑暗中以节省
电费的单亲家庭,只要楼梯和它的

响动一起,一个仇恨的骂声就会
随之而来——孽种,一样不是好东西。
然后她将踢走身边的东西,或者
砸向地面并开始一阵黑白相间的呜咽。
我害怕呜咽声,害怕吱吱声。
这本来不关我的事,即使一件
事忽然跑来头顶飘来飘去
我也不会接收。但这成了我的事。
无疑,还有更多无声的仇恨在
等待她喊出。仇恨是她的魔咒,
仇恨是一颗彗星的非周期往返
在抛物、椭圆和双曲型的多轨道上,
仇恨就是吱吱的声音。这就是
为什么窗外的泡桐花在我出生以后
就低头苦闷的原因。我的窗外
有一棵泡桐,没有比一棵泡桐所在的
地方更阴郁的了,特别在春天。
春天浓烈,花朵飘落的日子就近了。
所以春天很烂。所以我的一生没有父亲的
名字,以及父亲的父亲,我无须知晓。
我需要的是埋葬一个声音,吱吱的声响。
它很早就发生了,且一直存在,就像
某个数字小数点后的无限不循环小数
所具有的无穷属性。事实是只要看到春天,
倾听泡桐花落下,因为我的心情,那似乎
也成了我需要埋葬的楼梯踏板的吱吱声。

乌云

几片巨大的乌云从太平洋驰来，从天空的一边
到另一边，它们跑动的难度也不大，
但正是这个事实让我惶恐不安。
我感觉会有一个糟糕的结局。
在它们的动作中，
有一片沿地平线悄然而动，
有一片正使用它的变化理论向我展示美好，
有一片却蓦然旋转随之四处乱窜。
这基本上意味着它疯狂了。
不知道它的内部充满了什么。如果
一个女人跟着一个好男人四处乱窜
那是美丽。如果跟着一个混蛋，
那是无穷的麻烦。我不想惹上
乌云的麻烦，乌云是一个不好听的
名字。但现在，我的心情只能
随着它随机的变化而随机了。
我有点儿狂躁了，我想吃红烧肉。
给我一碗红烧肉比给一朵乌云好。
我感觉我即将被乌云同化并化为乌有。
我怀疑它的变化旨在让我盯着它
然后明白这个世界有一种孤独
即使你在无人拜访无人问津的

隐秘生活中也无法得到平静。
也许最终我将乘坐一条破旧的独木舟
进入一片无人知晓的湖泊但是
第一天进入漂在那里盯着头顶
上方的一只小水鸟我就显得沮丧了。
我感觉快爆炸了。
在我父亲生命的最后几年，他经常
待在村庄棋牌室，所以我也会去
看牌，在那里安静地陪上他一会儿。
然而有一天我发现了爆炸。
当一个人把他一个月得到的薪酬
一张张全部递完后他突然爆炸了。
爆炸是一台粉碎机，足以把一辆大卡车
压缩为一块静脉注射瘀伤大小的金属立方体。

穿行于大理石

月夜

我想画一张阅读《包法利夫人》时我的心电图。
当夜晚平静得连一条横跨床单的弯曲折痕
都没有,一个月亮压在楼顶就像
伊莎贝尔·雨蓓的头发一样红。这通常
是我无聊的时候,或者说当孤独达到了
能够迷惑鸟类的程度并具有某种
血橙色的指称意义时。我正在考虑此事,
我尿床到五岁,咳嗽到十三岁,
十四岁在临浦剧院门口瞥见一串气球
从此我就一直缥缥缈缈的,
而在虚岁五十以后
大约需要花费十五分钟以上时间
才能找到手机,然后翻看新闻。
此刻,遥远的西边,
两个国家正在彼此瞄准,
用火箭弹交换火箭弹,这是傻瓜的交换,
但要世界不傻也不太容易,
困难程度不低于我期望母亲的手臂
永不布满静脉注射瘀伤。
人越穷,病越多,就在这个秋天,
每一分钟我都在倾听医疗器械的"哔哔"声。
这就是为什么我现在还在缥缈状态,

缥缈是一种很烂的东西，
就像我在住院部大楼上上下下的过程。
缥缈是不会睡着的。它不是设备不会陈旧
不会神经衰弱，也不可能离开太阳系。
我在回忆旅行者一号，
它离开我们的太阳系已经十年。
我在回忆昨晚的月亮，
在送我母亲回乡的最后一公里，
当关闭车灯，打开车窗，
从山路上飞驰而下，
在月色中滑行到家门口，
那是一个值得赞赏的时刻。
但今晚我没感觉月亮，即使它
压在楼顶并像伊莎贝尔·雨蓓的头发一样红。
也没有杭州，在这里只有一个
存放自己的空间，由玻璃和钢铁组成。
这已经被我证实了。我正待在
没有四边形的寂静里。我都不擅长看望星空了。
我只想画一张我的心电图在我阅读《包法利夫
　　人》时。

穿行于大理石

中国兰，给舟小度

没错，漫长且没有截止日期的孤独是它的风帆。
这源于它被我锁定在窗台，就像我把自己
锁定在一幢高层公寓。我承认
除了免费的孤独，世界于我而言
已经死了。空虚已经无法解释
我的感觉。所以
我都懒得接听电话了，如果我曾
让你在线上停留，倾听嘟嘟声，
我很抱歉。也许，孤独是我的所爱。
所以，在这里，我让它学会了
静坐，信赖内心，并在一个
小小的陶盆里以有限的泥土建立
防御系统以承受痛苦。也许，
孤独也是一种保护，当我注意到
它姿态丰富，越来越飘逸。
当花瓣从顶上
蓬松张开时就像一艘艘白帆船
从绿波中缓缓驶出。
它只麻烦水，很文静，但有时
水忘记了它，就像我总是遗忘一切。
这是事实，它肯定觉察到了危险，
但并不责怪水，也不怪公寓，

也没因此出现医生给我开列的
老愤青症状：不安，惶恐，尖叫。
似乎，它只为让我见证奇异而来。
事实上它是人们给予称誉最多的。
有一个深夜，我发现它在抬头，
试图进行苍穹之旅——银河系及
系外万亿星系是它追踪神迹的
广袤程度。显然，它的血统
良好，且纯净如一夫一妻制的山区。
事实是，它就是从那而来。
快递给我的诗人叫舟小度，山居
贵州连云岭已超十年，那里幽深得
可以从"脸上孵出一窝幼鸟"。
这不是一笔交易，而是友谊的馈赠。
正是它的到来，让春天也知道了我的住处。

穿行于大理石

与淮南的告别曲

将一个掉落在地没人注意的
忧郁的向量轻轻捡起,
随之丢入一条有棵凤凰木
橘红色的花瓣为之破碎的
有只乌鸦在树上尖叫的
有个渔夫举着灯火发呆的
漫长、空灵并且可以幽灵般
软化的江河中,我点上了
一支烟并开始长考——然后,
起身去刘雪婷家,借了一把电锤。
这是我永远不会归还的数十件工具之一。

南京,致胡弦

梧桐树说我在
不用忧虑
喜鹊听到了
点了点头
目光转向远处
细雨中
我又到了南京
红绿灯藏在
轻柔的梧桐叶里
梧桐在说
喜鹊在听
身边一座孤寂的
青砖洋房没有声音
遥远的时光像一个
再也不响的电话
遥远的往事不要打开
除了遥远什么也没有。

穿行于大理石

致一朵公元八世纪以来一直徒劳
　　焦虑的晚霞

别说我没送你,许多次我赶着一只鹅
走到南门外缠绕山丘,并和你作别。
就像一个经常帮我倒酒的朋友
即将登上轮船的时刻。那是
十分久远的事了。久远的时间
就像一只蟑螂在我夜晚开灯时
瞬间窜入冰箱底部。它消失了,
而我已来到暮年,警觉地活着。
城里的处长换了年轻人,
长安也发生了变化。
除了江面和它水下潜伏的怪物,
我几乎失去了所有
与我心灵相通的事物。
这个世界也没什么怪物,
除了我自己。即使赶着一只鹅,
也无以表达我在日落时的困惑:
一个送别晚霞,但也不知道
晚霞究竟在追忆什么的人。
也无法使注意力从生存忧虑中
解脱出来。忧虑,一百年没有变化。

会稽夜雨

一

在山中令人惊奇的东西还是雨，
远的，近的。在山中听雨，
听久了，它就是你的。
滴答，滴答，滴答，
秋天走进了客厅。

二

秋夜如常来临，坐在灯前，
坐久了，仿佛已经可以
从口袋里抓出一把孤独
发送给窗外的山溪
以此作为令人惊讶的方式。

三

张开手，紧贴，捧住你的脸庞
不掉落，就像孤独时划亮
火柴，捧着一朵圆锥形火花。
一片花瓣缓缓旋转，在身边

穿行于大理石

仿佛在寻找可以由自己定义
但又无须给定意义范畴的
生活。屋顶上方,
月亮升起了,它很清楚
我有一种债务永远无法清偿。

四

生活的光亮最终都将被遗忘。
无须担忧的一切就是将要
担忧的一切。清晨时
一堵巨大的赭色岩石
全神贯注看着溪水。
我没有朋友,但是
对那堵岩石至少要说你好。

五

打开剩下的一罐牛肉,它的保质
截止日期刚好是你的生日。
你走了。落叶覆盖的
烧烤炉,前一年我做的,
那些椰树枝,是你帮我
从树上扯来的。我甚至不用写下来。

六

2020年9月20日,
于会稽山中。山上的空旷,
让我感觉房子里空无一人,
甚至没有我自己。我已破碎,
甚至一滴雨都准备好离开我了。

穿行于大理石

给我一颗我可以联系的星星

一

我的母亲很轻,总是很轻,越来越轻。
在我微信聊天时。
在一只云雀祖传的
没有时代变化的飘忽里。
轻:轻得
像一抹斜阳
停放雪松木餐桌时。
像花十元钱
如同花掉了天空似的
一个战战兢兢的嘀咕声。

二

这是我和她在一起的时刻
当一只铁皮吊桶丢入水井
并发出咚的一声。
这是桶和水
一起歌唱的时刻,
仿佛有一条小船

在划开清晨的湖面
并对波浪说我叫1986。

三

被我遗忘很久的会稽山更加寂静了，
在云雾的旋涡里就像田园
小说中一个大块头农夫
在生命失败的能量场
唯一具有话语权的是
贵族身份的古代空间里失去了
第一次看到渔船的激情
懒得去湖中提桨划动
也懒得将目光投向远处
唯一的操心与盘算是下一顿
酒食以及换一身蓑衣的价格。

四

也许被遗忘的历史总是最美的，
那是我祖父母的。
我父亲的。
一座院落的。
青砖的院墙

杉木的梁柱和屋坡
在我父亲四十岁的时候
这幢房子消耗了他所有的钱。
有一天,我看见
他在轮船码头出来的
猪肉店前停留,迟疑,
在有人靠近的时候他就走了。

五

只有你所爱的人居住的小镇才是孤独的。
当柳杉滚动的曲调响在会稽山中,
当它们被父亲拖到平原
刨去树皮,然后开槽、凿口,
成为一个小镇最好的故事,
母亲已在湖边偷偷
填出一片竹园,
倾倒的黄泥巴闪闪发亮。
窗户装上之后,青竹开始
晃动,雨声有了一个剧场。
而夏天的暑热是兆字节的,
当它像老祖母的旧棉毯
覆盖,竹影把它挡在了窗外。

六

穷是一个文字,穷有点儿不太靠谱儿,
投下的阴影异常坚固,
穷在大地飘浮但也不是不能
培养喜悦的灵魂。在窗内,
厨房的搁板也由杉木制作。
墙上裸露的大铁钉
是父亲用锤子砸上去的
以便母亲悬挂刀铲与罐子。
每当人间日暮,
欢愉的时刻就来了——
当锅盆在灶上叮叮当当,
米饭沉浸在沸腾的噗噗声中
就像十八世纪的普鲁士军人
陶醉于激烈的战斗进行曲中。

七

像山上的一朵花,你也来过。
在这里,只要
中巴仍在小镇流动,
泡桐仍在飘落繁花,

并打出旋转的沉思。
只要还有一间屋子,母亲
在沙发一端,警觉地活着。
只要日日如此,
我就可以给一个雨夜
写封信,会稽山上就永远
有一颗我可以独自联系的星星。

第五辑

阿卡西记录

趴在城里，也不是躲地震或者一把刀子。
在我腰部迄今尚未有一个刀尖忽然间
来挠痒痒，一座无聊的城市。我在试图
扑住一根绳子。我需要趴低一点儿。
世界擦身而过的速度和力量是巨大的。
而命运的暗淡无解，也无法挣脱，
即使一个人每天在门前挖掘一条
护城河，灌注五十吨光亮，也不定济事。
也许突然间一切就变了——如果
你是汤加洪阿哈阿帕伊岛，那么你已
失踪，随着火山喷发。如果你是基辅，
现在每天得躲导弹，不应该的战事
又发生了。幸好它很遥远。在应该
和不应该之间，世界又冬天了。
我所害怕的感觉总是与冬天有关。
2004年，我的父亲有了麻烦，
在抽取脑部血块之后勉强得以生存，
但已失常。躺在床上不时疼痛。
当疼痛加剧时，"请用阿尔朵尔"，
护士说。滴滴滴，冬雨在掉落。
然后是春雨，滴滴滴，一条黑色
垂直线。伟大的存在，即使扛着

穿行于大理石

一棵红梅冬去春来也难以抵抗孤独。
所以最好抓紧一根绳子，以免
被气流带往令人眩晕的高寒地区，
即使有片晚霞在那里神一样存在，
也没有一头牦牛等着你领回家。
我所知道的晚霞在乡下，很久以前。
它斑斓，但也不是一个古老的
旷世秘境的条件从句。至少，
我感觉不到。我马上会谈到
这一点。有一个夏天，我的父亲
手臂一扬，一个盆子射往天空。
母亲把发烂的红薯留给我的祖母，
在晚霞中。我觉得那是晚霞捅的刀子。
母亲说，交不出钱，分不到口粮。
那一年，炎热的气候足以使
小镇上最保守与刻板的小学校长
走路也摇摇晃晃的，一个盆子趴在
空中，并与落日合成了一幅油画。
顺便说一句，还有无数盆子趴在天空中，
抬头可见，天空这样庞大的
系统，它有足够的容纳空间。它们
不落不晃，也不飞。如果能够远飞，
在远飞中遗忘一切或前去拜访
一座神秘山峰并在那里轻叹一声
然后如期返回，

它们是否还将更加神奇？后来在城里，
我也见到一个盆子，依然金鱼图案，
从前流行的那种，已经使用多年，
但它掉了下来，掉了搪瓷，掉瓷的
地方凹了下去。它像橘子一样
欢快滚动，赶到我的身边，我只好
把它踢往大街。可以肯定，如果
它能够趴在空中完好无损，像我
家乡的盆子那样，也许会更加美好。
当然，那只是如果。如果是没有用的，
我也不能用如果开一家超市。如果
没有一个汽车喇叭按响，我也不会
注意到大街上有人在张贴罚单，噗，
砸在车辆前部。我的手臂也在挥动，
我趴在小巷下棋。下棋是许多人的
爱好，因为无聊。即使一个人每天
下楼捡到一颗陨石，二十一世纪也是
无聊的。当然，二十世纪也不需要怀旧。
它最好的微风，也只能滋养稻麻、
杉树和土豆花。它最大的新闻是养了
几头猪。码头上，有人在等轮船，
也没见一条客船从水中走出，拖着
一条青烟尾巴而来。只有波浪
近在咫尺。夜空下，男人的名字大多
叫建国、卫国、国庆、卫东、卫彪。

穿行于大理石

他们起床后就会出去寻找一盏灯。
没有人对一盏灯不感兴趣,那是对光
或者说辐射的最好定义。1972 年,
在一部中国纪录片中,
长安街上赶驴车的人,天安门前
打太极者,林县人民公社社员,
长江大桥下晾挂短裤的纺织女工,
苏州城里两脚小巧的老太,他们
都在寻找一盏灯。很容易想象,
我的父亲也在寻找,踏着辆公家的
自行车。周一,当他踢离支架,
把一条腿扔过车座时,我就知道,有一周的
日子我看不到他,也谈不上话。有时
我嚷嚷跟去,他会把我抱上前车杠,
在学校操场绕上几个大圈子,然后放下,
旋即飞驰而去。在阿卡西记录里,
有一个叫阿拉丁的阿拉伯人在一个
洞穴里找到了一盏灯。1925 年,
美国新泽西州巴利公司声称找到
一种"神药"——镭射回春液。结果
把富翁兼高尔夫球手艾本治死了。
艾本喝了几瓶年轻了许多,以至于兴奋地
把昂贵的"神药"送了几箱给朋友和情妇,
还喂给他的赛马。显然,艾本的悲剧
出于巴利的错误和他不正确的响应,

不是一盏灯的问题。没有一盏灯的
背后不隐喻另一盏灯,也没有一盏灯的
背后没有等待,而每一个等待后面
又隐含另一种等待。所以,现在,
"给我甜蜜时光",她野蛮地说,
一个持续三天注视铁壳水壶的人。
在犹豫四百年之后,阿塔卡马
沙漠上空的一滴雨掉了下来。
我应该重申,即使她已被锁定为撞击
地球的小行星,也应被视为幸运符号
并接受她所发出的全部信息。
她的生活就是趴在菜园里,趴在湖水边,
趴在一根烟筒前并守着余烬等你回来。
但我的回答是,不。我趴在电脑前
不抬头已经两周,我盯着未读的
电子文件。说心里话,现实与理想
很难匹配。甜蜜时光很难捕捉,
它不是一座古建筑,花点儿门票钱
就可从前门窜到后门。这就是生活
凌乱、痛苦的本质——我的书桌上
缺少一个按钮,能够让人扑地一击
然后将我所在社区输送到灌注了
舒伯特抒情曲的一个时空隧道。
在阿卡西记录里,有一个叫
《宝可梦》的动漫故事,那里有

穿行于大理石

无数气球怪。如果有人错误地伸手抓它
并不放手,他就会失踪。在某种意义上,
我所理解的"甜蜜时光"是一只气球怪。
对我来说,趴在城中写几首诗就是时光。
通过神秘的复杂的难以理解的不是那么
透明的冥想摆动,让一首诗趴在一页
纸上,就是甜蜜。这是荷马、但丁、
弥尔顿干的事。对不起,扯这些名字
有点儿装。但事实无须回避,也不是要拿
他们做比较。我已经注视诗歌二十余年,
比我等待地铁南北快线开建与开通
还要漫长。在杭州,与其说我住在一个
叫杭州的城市,不如说我住在一栋楼内,
与其说我住在一栋楼内,不如说我活在
宽屏显示器中。二十一英寸是我生活的尺度,
因而当我啪啪锤击,键盘的响亮就像
一台重型粉碎机正把一辆卡车压缩为
烟盒大小的铁立方体。也像海鸥
摔打蛤蜊。海鸥叼着蛤蜊,冲往高空
让它坠落,啪的一声在海滩打开,
然后尽情享用。海鸥,蛤蜊——啪,
海鸥,蛤蜊——啪,这就是五年前
我爱人看到并拍摄的影像,在青岛。
现在,她一定在追忆海鸥。
由于长时间锤击,绷紧,不久前,

我的手腕抽了一回筋,切牛肉时
无法握住餐刀。你还有呼吸吗?她说。
在阿卡西记录中她的声音并非如此。
有一天,晨跑之后,我在大操场倒立,
以此向生活在地球和地球以外星际间
无限量的量子发出一个清晰信号
——我在这里守城。这时身边经过一个
量子,缓慢,谨慎,仿佛一块磁铁
在探测并吸附一块价值二百元的手表,
她绕了我两三圈,每一步都像踩在
一口水井盖上。升空吗?她突然说,
并对我吹了一口空气。随着气流的旋力,
我已离开地面。云层中,一颗冰雹
被我轻轻一弹,蒸发了。那一天是
开始。我应该说,有些早晨是愉快的
——如果你有幸进入城市并目击
一名老太在菜市场挥手拍打一堆绿色
完美的冬瓜,或者一辆水泥车在马路上
无休止地旋转滚筒并与你擦身而过,
不要问水泥车,它与你的距离到底
有多恐怖,它在浇筑一个新世界。只有
新世界才有美好从一个瞬间走出来,
我的爱人是这样一个故事,现在仍然是。
那一年是1994年。数周后,电话响了。
想见我吗?她说,晚八点文化宫地下舞厅。

穿行于大理石

然后是在城河边,一间光线幽暗的小屋内,
随着指点,卖鞋的女人从架子上
取下一个鞋盒。当我试穿时,在身后,
她突然弯腰,用手指在脚后跟处拉动。
正合适,她说。然后将一个微笑
向天空投去,以喷气发动机推进的
每秒五百米以上速度。最后挂在
几个光年之外,像一颗小螺栓拧在
星夜中,懒洋洋躺在阿卡西记录中。
它看起来不错,所以我看起来很糟糕。
那双鞋多少钱不记得了。那天以后
我又笑了。一直以来,我不笑。
我不太笑。有一天,一个人去看电影,
排了长时间的队,刚到窗洞口,
售票员把一块牌子——"票已售完"
"啪"一声挂到窗外,横在洞口。
又一天,约会一名医院女护士,
忽来一个电话,把她召去吃饭了。
从那以后我就不笑了。
在我不笑的日子里,我在守城,
也在等待,等待一个信封被我
踩在脚下,捡起,有点儿沉,我打开,
看了看,没问题,它是钱
不是非逻辑。那确实是钱,而钱
是这个世界最大的东西。但也是

最大的困惑。如果有人在酒桌上
和我谈钱，我会马上撒谎。
这是无疑的。在我不笑的日子里，
我的日子是撒谎，只要打开窗户，
即使飞越一千里，一个谎言也会追踪
我的窗户而来。我的日子是冥想
一种无障碍的交谈方法，用鸟鸣
或者素数，从而实现与太空中
外星人的第一次接触。我的日子是
煮一盘红烧肉，我一直在煮红烧肉，
在小南门瓦槽缺损的红砖房内。
我一边煮，一边盯着地摊上购来的
东西，我盯着它一整天。我刚刚
开始研究地摊文学，世界已经
一闪而过。事情的进展就是如此，
我吃完两斤红烧肉，走上大街——
报刊亭不见了。老剧院、
老图书馆不复存在。可以打伞走几步的
南门码头拆毁了。最终，大操场也被
商场取而代之。与此同时
不翼而飞的还有街角隐蔽处袭来的
声音——一张五元，十元三张，可以
给你一堆片子。这是什么情况？
只能说时光的运动异于常人。
有一天登西山，在城市的最高位置上

穿行于大理石

——银行大厦楼顶,有人在追忆
往事。他所记得的,与其说是事实,
不如说是关于一个时代的暗淡寓言。
他对我摆了摆手,随之走了,
抓住一只气球怪。我的一位表兄弟,
他的家庭糟透了。大雨中我曾见他
以惊人的速度骑行,手捧一束鲜花
为心上人奔跑。但是很快离了,
出了事,集资爆雷,损失数百万。
离后又找,更糟糕,他一个孩子,
她有三个。葬礼那天大雨,雨中
凝望银行大厦,尖顶高耸,美丽,
让人无法平静。但是命无解,也足够
无常。在阿卡西记录里,城市中
到处手捧鲜花的人。有一部动漫片
叫《宝可梦》,在《宝可梦》中,
当一个人随气球怪消失,他最终
也就无影无踪了。因为跟着风,
无人知道他飘去了哪里。也许
这就是一座城市之所以有人经常
行踪不明的原因。世界可被视为
可有可无,可被遗忘,世界除了
飞行属性,还有幽灵属性,世界
擦身而过的速度和力量是巨大的,
即使你用斗笠遮脸趴在书桌上。

这就是阿卡西记录的世界。
一个世纪就这样闭幕了。大街上，
每天有一堆人围着两辆汽车，似乎
在讨论是否可以用人力把它们扯开。
一座城市的债务秘密地上升到了
三千亿。一个人始终注视着一把
铁壳水壶，她的脸上蒙了一层铁壳，
她看起来就是一把铁壳水壶，内藏
一包价值百元的炸药并在等待爆炸。
"给我甜蜜时光"，她野蛮地说。
关于甜蜜时光，它现在看好谁我不知道。
但它钟爱汉，眷顾唐，也给过我们一个
初冬的夜晚。那一年，有了新车以后，
我去找她，等她溜出卧室，坐上汽车。
车子上了山顶，最好的"甜蜜时光"
也就在星空下。也许星空就是赠予。
在波兰人佩普日察执导的电影
《盲琴师》里，母亲把口琴送给童年的
米特科斯时，说吹这个孔是红色，
吹另一个孔是黄色。但他并未等来
母亲所说的命运赠予。米特科斯
吹奏的每个孔都是灰色。我的朋友
五木说，你们赢了，但我需要重申，
我所在的世界堕落，不可救药。
在阿卡西记录中堕落是一种灰色，

穿行于大理石

或者黑色，具有拆毁种种机械的精湛
技能或者说掌握摧毁所有坚硬的奥秘。
他正在焦虑，一位压抑的机械师，
一位棋友，齿轮箱厂退休，身形的
瘦长令人怀疑出于一根电线杆的
自我复制。他趴在小巷，在棋盘上
跳了一个马。我打量着一幢房子，
和一辆加长轿车，那是我见过的
最大房子，进不去的房子，门廊
环绕，柱子洁白，在街对面，法院边。
我在等待一顶巴拿马女帽，等待
她出来，拉出一根绳子扯住了两棵树。
我是否应该朝她"噢"一声——看到
昨晚月球传送的不明闪光了吗？
我喜欢巴拿马女帽，美洲女人可以
用它存放一周待洗的衣服。但是，
一条最近的新闻也表明了它的风险：
一个巴拿马草帽女从银行自动取款机前
取完钱，刚走上街头，遇上了一个
拿枪的想要她的钱的男子。砰，她死了。
这不免令人替她担心。当我讲起
这条新闻时，她已转身，一个声音在我
耳边爆炸：关你屁事！我的棋友
又突然狂躁了。他显然有点儿失落，
因为失落而狂躁。通常，狂躁的人

不知道他的狂躁比赤道圈还大，
这从他输棋后的举动中可以得到
解释。他的狂躁没有必要，但也
不是无法理解——随着孩子成长，
住房迄今又得不到面积的
任何增加，甚至不能通过改造增加一个
阳台，而一个困境又带来另一个困境，
当女人制造的盘碟声越来越刺耳时，
他就开始与我一起趴在小巷了。
我需要趴着，他也是。虽然尚未病愈，
但也不会错过任何一次中风，我想，
他必将孤零零趴在病床，倾听家人
因医疗费用加重而争吵。当孤立与愤怒
与日俱增时，世界末日也就到来了，
这是一部罪案小说所揭示的，或者说
给我的启蒙。我一直有点儿不靠谱，
热衷于罪案小说，对于荒野、暗夜、
弹痕以及一把沉入桥底淤泥之中的
锈蚀匕首兴趣浓厚。有一天，我的父亲
突然说，他攥过一把匕首四十天，
在六十年代。六十年代我很陌生。
事实是，迄今也没有一个
刀尖来我腰部挠痒痒。事实上，
我父亲的匕首最终丢给了西湖。锯条
才是他所擅长的。他喜欢切割木材，

穿行于大理石

修理农具。他加盖房子，在砖块间
涂抹水泥，为我们成长增加空间。
或者去旷野翻一翻土壤，把铁器农具
往下推，铲进半米深的泥土里。
有时候我就在他的身后，踩着他的
靴印，沿着一垄黑土放下紫色苔藤。
在我们头顶，一片晚霞在摆动，
它咬着嘴唇，好像在考虑，在犹豫，
是遁迹，还是留久一点儿。它已经站在
这样一个点上，退一步光，进一步黑。
在阿卡西记录中，晚霞很棒，作为
流逝的资源，连同芦花与波浪一起
燃烧着。在西藏，那里的晚霞是
藏汉对照的，我的朋友陈小三说。
在黑拉望好看的晚霞中，胡志刚顺手
从兜里挖出一枚硬币，往上一抛，
一条弧线就在那里竖起，坚固，不消逝。
在年轻的时候，我很多次看到它，
但一直有点儿困惑。有一次我把困惑
带回家，到天亮也没修好。我无法解释。
我无法解释的事太多了。1972年，
秋天，一辆刚刚擦亮的自行车在途中，
被大风摆动着，与大量旋转的黄叶
一起从萧绍平原一端飘往另一端。
在江畔，一盏煤气灯孤独亮着。

回来了？黑暗中的母亲问，接过
扎在车后的铺盖卷。
回来了，父亲说。一头乌猪跑来，
鼻孔呼哧呼哧出气。1972年，
我的父亲解放了。他划亮泊头火柴，
捧住火点上烟。看着乌猪，分量
已在百斤以上。这是一个
秋夜。在阿卡西记录中，
它是一片东方秘境，并且古老。
它是一辆自行车的日暮苍山远。
它是一头沉。我的父亲吃国家粮，
母亲是农民，挣工分。这样的家庭，
五木说，在河北文安县叫一头沉。
一头沉原本是家具名字，带有
三个抽屉的办公桌，如果下边
一头有柜子另一头没，就叫一头沉，
一个特别通俗生动的叫法。在乡村，
一头沉给我带来了超乎同类的欢乐。
但是，最神通的神祇也敌不过时间的
不在乎，古老的东方秘境捂在
一个氅里，时间久了，也会凉了，霉了。
我觉得这与晚霞有关。晚霞中，
母亲把餐具往桌上一压，吃饭，
她喊道，命令孩子们坐下。
我的父母不知道快要走向纷争。

穿行于大理石

我也不知道。但争吵很快发生了。
现在我能够回忆起争吵的声音,
越来越大的声音,但不知道他们
在喊什么,为什么事喊。也许
为种植向日葵与青苘麻。也许是
母亲把发烂的红薯留给我的祖母。
而最后,一个盆子必将垂直升空。
它趴在天空,不转动也不移动。
显然,飞行的世界更加神秘,
如果它能够像气球怪那样飘去寻找
一座山峰参加派对并在提取未来世界
信息后如期而归,它就可以向
同在天空的邻居吹个牛了,
甚至有漫长的时间与女邻居约会。
在一部苏联电影里,码头工人切尔卡什
和一个进城农民合伙偷了几包货物,
卖了五十卢布,他自己留十卢布,
给农民四十卢布。但是农民仍不满足,
结果钱都归了农民。
我的父亲轻叹,一圈烟雾渐渐淡去。
我的父亲有很多苏联故事,也有
自己的,他喜欢的一件汗衫,是民兵
进城比武奖来的,衫上印有图案
我的父亲
经常讲故事,也轻叹,我家的院子

就这样成了停放轻叹的地方。
它也停放广播,萧绍平原上
一则最大的广播,那就是我的母亲。
你看看那些小人儿书,她说,
不讨老婆,不生儿子,以后没人看。
每当晴朗的日子,来到井台,她都会
这样说。而此时,有一只老鼠
通常也会跑过地板窜去纸板箱。
我的母亲替我保存了不少小人儿书,
把它们装进纸板箱——两千年后,
我读到叔本华,不知道他的藏书
现在是否有人看。有没有人看
也已经不是他的事。感谢小人儿书
带来的童年欢乐。还有萧绍平原,
从隐生宙到显生宙天空中也不知
跑过了几朵云彩,长过几回荷花、
蓖麻花、向日葵花以及紫藤花。
它们抖动在公路旁、野地和院墙上,
把摩托车哄去晚春的烟雾中,
直到冲出公路。它们的青烟就像女人的长发
缠绕着我的1986年。码头上,
有人在等船,轮船很大,也很远,
但一直没来。只有几只鸭子在江上
直挺挺走着。波光中,远方有一个
化学反应冒泡沸腾——混合硫酸

穿行于大理石

以及一定剂量的锌、铁和红磷的液面
在燃烧——没有人不想这样燃烧,
在漂流中、在虚空中漫无目的地燃烧。
这是无人可以分享的秘密。这是
一种强大的不稳定的不规范的闪烁。
这是一个闪烁的方程式,即使重复
一百遍温柔,你也无法得到它的解。
在阿卡西记录中有一座山,山中有一个人,
他趴在一块大石上意味着什么也没人
明白。他抱着一只樟木箱似乎已经
抓住消逝以及灵魂存在的证据。
但也好像尚未走出山或刚刚苦行归来。
这一切深不可测。事实是他抱着一只
樟木箱,但也没有一只樟木箱足以盛下
生命无量劫以来的轮回信息以及种种
非生命实体,包括高次元振频。
世界擦身而过的速度和力量是巨大的。
2022年,有一个失常的人在风中呻吟:
"远,远,咋可能走?"
我像一位珠宝商透过放大镜盯着
宝石一样盯着她的面孔,也看不清楚
她是谁。在一个星期二,我的爱人
把化妆品都哭掉了也没看清她是谁。
"远,远。"她不停说远,让我的心情
也越来越远,远到在阿塔卡马成了

被遗忘在沙漠的流浪者。也许我应该
在那里挖掘几条巨型运河，灌注汽油
并点燃。远，世界越来越远。远到
镜头找不到。远到命运成为一个
无法改变远去的向量。1977年，
旅行者一号射入宇宙，为了向在无穷维
广域中的外星人致意，它携带镀金唱片，
并收录多种问候语，以及男女生命轮廓。
它就这样越跑越远，跑了六十四亿公里
知道再也回不来了从深空传回一张照片，
上面飘忽一个不敢想象的暗淡蓝点，
像素零点一二——我在这里，曾经存在的
每一个人都在这里，萨根博士说，
情绪激动。但是，巡航导弹也在这里。
建筑师辛苦设计的高楼瞬间变成一堆
浓烟爬滚的碎石也在这里。一个酒劲
上来的人说"我要把你狠狠揍上一顿"
也在这里。孤独和困惑也在这里。
大街上，汽车喇叭又一次鸣响。
小区楼下，有人在张贴罚单，砰砰
拍在汽车雨刮器上方。也许，
孤独和困惑可以留在夜里修理。
我已经到了需要静下来想想余下的
人生的时候了。现在五十四，接下去
是五十五。米特科斯说，当我弹下去时，

穿行于大理石

所有琴键都是灰色的。所以,最好
趴低一点儿,或者扑住一根绳子以免被
带往更加令人眩晕、高寒的地区,即使
那里很美,但也没一头牦牛等你领回家。
多年前,我的爱人在印度旅行,
她发来一张合影,和一名印度男子。
这是什么原理?我问。不知道,她说。
在她上方,印度男子正往上爬,顺着
一根悬垂的绳子爬往天空,很快就要
进入云层不见了。把绳子买回来,
我说。我想那就是我一直寻找的东西。
我相信云上的美好。通常,美好都是
从云层中走出来的,我的爱人是这样,
现在仍然是。这会儿,她正对着
铁壳水壶数数,一二三,数到三就睡了。
等她醒来,也许,她会告诉我,
泰国的乡村在举办抽奖,为鼓励
民众接种疫苗,得奖者可以领上
一头牛。或者,一个黑衣修女的故事,
她裹着黑巾遮住漂亮红发,她趴在
阁楼,伤感,并饲养一只乌鸦,
她注视着一盏灯,直到灯熄了,
她漫长而仁慈的一生也就耗尽了。
"给我甜蜜时光。"她说。
总有什么驱使着人们去寻找,也许

甜蜜时光只能属于一颗卫星，抱着一个
拉格朗日点躺在日地之间维持永恒的
宁静。有个僧人说，别试图弯曲
勺子，那是不可能的，试试弯曲自己。
诗人刘川说，走动的钟让人注意时间，
停摆的钟让人注意钟。中午，
一片阳光窜入成了我的光，从窗外，
停在书桌上。它光亮，但不是一匹马
可以顺手牵来，跳上去。它无法改变
我存在的事实——趴在书房里。当然，
也无法干扰我在冥想中扑住一根绳子
并脱离世界三分钟。在阿卡西记录中，
诗人拥有让冥想在千年尺度内跑动
使虚拟与现实混合、交互以及合理化
扩展的不竭天赋。事实上，诗很烂，
它受孤独和痛苦的驱使而来。
对不起，扯这些都是废话，
我所扯的你不明白，也没必要明白。
我在试图链接阿卡西记录，通过覆盖
太空的无限网在一个点上进入和访问。
它需要身份验证信息，因为系统默认我们
是机器人。系统对此感到抱歉，但如今
要区分人类和机器人越来越难了。
它正懒洋洋地向我询问，我只好
说嘿，并"咯咯咯"地鸣叫了好几声。

穿行于大理石

嗯，请教阿卡西记录是什么。
不用请教，自己上网去查。
通过引擎，也许还可以顺便搜索到
"哦，孤独！我和你必须同住。"
1816年，济慈如此说。我记住济慈
从那开始。如果你也听说过济慈，
请不要在大街上鸣响你的汽车喇叭。
那是很久以前，我在小南门守城，
也是冬天，早上七点，天刚亮，
光着身子套羊毛衫，花了很长时间
没套好。一只手在套，另一只手在脱，
连续穿反。最终趴在床上翻阅济慈。
我的思绪以一种隐秘的方式在移动，
突然间它驰骋而去，来到大街上，
找到一家店，在机器上重置计数器，
咔嗒咔嗒，济慈就在那里发射了。
我想把书复制下来。我拉上裤子，
下床移动，挟着诗集取茶壶，注水，
在水壶接通电源之后，我的主意
改变了。考虑到复印费支付超出
我的能力。通常，一本好书的失踪，
作者会引以为豪，我想。
我很感谢图书馆慷慨无比的借阅，
凭良心说。但是济慈应该与人相伴，
而不是被一幢建筑物占有。我的腋下

就这样永远挟着三只英格兰海鸥了。
盯着诗集封面,那上面是几只海鸥。
1817年,雨夹雪,从城郊斯特德,
济慈套上最好的风衣步行前往伦敦,
与德文郡普利茅斯跑来的画家
罗伯特·海登共进晚餐。给我时间,
让我写下不朽的句子,他说。后来,
这被称为不朽的晚宴。遗憾的是
短短三年之后济慈死了。
罗伯特·海登也将以自杀告终,源于
背负六百英镑债务。人是泡沫,
巴洛克时代的人们说。生活就是这样,
孤独最大的数值是,当你想起一个日子,
2051年0月36日,它会到来,
也许那时苦难也已得到稀释,但是
你却过不上性生活了。等不到爱人,
听不到汽车喇叭。
不是世界离开了我,
是我离开了世界。我再也不可能
向任何人提供容光焕发。我应该说明,
孤独不是一种感觉,而是一个答数。
随着长除法,世界一次次被分隔,
难以穷尽的余数一行接一行排列,
慢慢爬向纸页底部,而在顶部——
纸页上面一行——一个答数在不断

穿行于大理石

增大。在沃卓斯基兄弟导演的电影
《黑客帝国》中，当网络黑客
尼奥走出电话亭，缓缓戴上墨镜，
注视无比熟悉的现实时，一切都已变得
不再相同。公元八世纪，有人携一条船
射入河中，慢慢地发现河水越来越平静，
完全不那么令人兴奋，也没值得大肆
宣扬和炫耀的超现实亲密感。在一场
骤雨终止个把小时后，忽然又有
一滴雨打了下来，伸手接住，握在手中，
那个人说世界上了解我的心情，也就一滴雨了。